殭屍王妃

NOVEL 偽裝的魚 + 水々 ILLUST

2 接吻是個技術活

朱璃睿景（七王爺）

淳安王的弟弟，
大齊國的神醫王爺，
天生殘疾，個性溫柔和順，
屬治癒系美男。

朱璃元皓（小皇帝）

十六歲的大齊皇帝，
先帝朱璃臨瓊的皇長子，
繼承朱璃氏的血色狼眸。
個性堅韌，越挫越勇，
爭強好勝。
總喜歡跟王叔淳安王對立。

王嫮（無憂公主）

當年皇室眾人的寶貝公主、
一眾王公子弟的心儀對象，
卻被成祖和親給北狄的
奧魯赤汗。
夫死後，藉由淳安王的幫助，
終於重回大齊國。

小瑜

十七歲的控屍道士。外貌清秀可人，但沒事就愛炸毛，口是心非，明明超喜歡，卻要說「討厭、不要」。技能是「控制殭屍」。

寧子薰（洛菲）

年齡不明，據說只要不被爆頭就可以一直活下去。個性呆萌，正在努力學習適應古代人類生活。她是來自末世的殭屍，任第五戰區防禦部隊第三偵察小隊隊長。技能是「力大無窮」，可以舉起相當於自身幾十倍的重物。

朱璃蒼舒（淳安王）

二十六歲，大齊國攝政王。個性冷如冰山，如狼般狡詐凶殘，微有抖S傾向，喜歡玩虐寧子薰。技能是「謀定天下」。

CONTENTS

My Zombie Princess

第1章
殭屍版「三從四得」

——三從……四得？

寧子薰眨眨眼睛，突然想到在末世時好像曾經看到過！

她開口道：「三從四得？那個不是男人應該遵守的嗎？」

「嗯？！」

馬公公和小瑜都驚悚的看著她……

只聽寧子薰掰著手指說道：「三從就是，女人命令要服從、女人的話要聽從、女人出門要隨從。四得就是，生日要記得、生氣要忍得、吃肉要捨得、心事要懂得！」

在末世，人類女性是珍貴資源，男女比例大概為五比一。為了繁衍後代，不讓人類種族滅絕，一般都是好幾個男性與一位女性共同生活並保護她。人類政府為了鼓勵女性生育，還設立了獎金政策，只要生三胎以上，世界政府就負責孩子從出生到上高中的全部費用。據殭屍聯盟資料報告，亞洲東區的男性人類尤為「妻奴」，還特意制定出男性的「三從四得」，要求男性要嚴格遵守，以保證女性的絕對地位。

所以她記得很清楚，絕對不會錯的。怎麼說她也是以人類女性的軀體生存的，真不知道馬公公為什麼要求她遵守「三從四得」？

不過，他們的表情為什麼都這麼奇怪？難道是她說錯了什麼？連小瑜都張大了粉嫩的唇，好像能吞下一顆雞蛋……寧子薰不解的撓了撓腦袋。

馬公公覺得自己差點背過氣去，他撫了半天胸口，好半天才緩過神來。男人遵守「三從四德」！不可能是寧侯家教的吧？

他一回頭，看著小瑜吼道：「這究竟是哪個混蛋教寧姨娘的？」

小瑜也傻了，小殭總是冒出一些奇思妙想，連他都不明白小殭是怎麼生出這想法來的。不過眼前這事得混過去呀！

小瑜「可憐兮兮」的看著馬公公說：「馬公公，您也知道我家姨娘『失憶』了，總是把東西記混，這女四書小瑜會督促姨娘好好學習，還請公公不要介意。畢竟王爺還是很喜歡我家姨娘這樣……憨態可掬的。」

搜腸刮肚終於想到這個詞，差點把小瑜憋死。

「憨態可掬」？馬公公擰著眉毛上下打量寧子薰一番，勉強認可……畢竟比起月嫵和雲初晴，寧子薰也只能用這四個字來形容了！

為了能儘快提高寧姨娘的水準，讓她能成為符合世子母親身分的女人，他還得更加努力的鞭策才是！

於是馬公公板著臉說：「除了女四書，寧姨娘也得學些琴棋書畫，畢竟王爺的侍妾也不能一無所會吧？再加上一部全唐詩和宋詞！棋藝和琴藝，老奴也會派專門的人來教導！」

寧子薰眨眨眼，舉手表示看過唐詩宋詞，馬公公終於把長臉往回縮了一點點，「哦？那寧姨娘可有什麼心得？」

寧子薰自信滿滿的說：「唐詩基本上可以總結為：田園有宅男、邊塞多憤青、詠古傷不起、送別滿基情。而宋詞基本上可以總結為：小資喝花酒、老兵坐床頭、知青詠古自助遊、皇上宮中愁、剩女宅家裡、蘿莉嫁王侯、名媛丈夫死得早、美眉在青樓。」

好吧，她其實是從人類的網路上學來的……寧子薰得意洋洋，這麼全面的總結還震不住馬公公？

因為末世資源供應是有限的，除了生產武器的軍工廠和部隊不受控制，其他民用都有限制。那臺古董電腦還是她繳獲的戰利品，能白白使用人類的東西她已經很滿足了，更何況還能上網。

馬公公被雷得半天沒說話，他覺得自己再跟這位姨娘說下去，有心臟驟停的危險！最後，他搖了搖頭，決定還是放棄了。回頭他得抽空向王爺提一下，還是送避子湯的好！萬一生下的世子也跟這位姨娘一樣……

——王爺啊，您受了什麼打擊口味轉變成這樣的？

馬公公淚奔而逃！

◎※※※◎※※※◎※※※◎

斑淚館那邊熱火朝天，而集熙殿上則聚集了一大片陰雲。侍女們都屏息而立，不敢發出什麼聲音，怕王妃把怒氣撒在自己身上。

雲初晴默默的坐在鏡檯前，臉上布滿陰霾，手中的寶石簪把手指都戳出血來了，她卻竟然都未發現。

一旁看著她的貼身侍女思巧、思織忙搶過簪子，用手帕把她的手包住，心疼的說：「王妃又是何苦，那賤人不過是趕了個巧，王爺只是藉她發落月嫵罷了！您是正妃，她怎麼能比得過您！」

「為什麼？王爺寧可選一個傻子都不選我？難道我就如此不堪嗎？」雲初晴捂著臉失聲痛哭起來。

這時，外面傳稟道：「雲夫人遣人來送了一些王妃喜歡吃的小點心，說是雲夫人親手做的。」

一聽是娘家來人，雲初晴忙拭去淚痕，又重新裝飾一番才叫人進來。

來人正是雲夫人身邊的老嬤嬤常氏，她微笑著向雲初晴請安，說是雲夫人十分惦念小姐，想著小姐愛吃櫻桃酪和核桃酥，特意做了些給小姐嘗鮮。

她一個庶女，夫人怎麼會惦念她？定是父親授意！

雲初晴會意含笑，叫侍女接過食盒，與她話家常，問候父母安好、兄弟姐妹平安，又說了幾句場面話後，就賞銀打發她出去了。

把侍女們都打發出去，雲初晴打開食盒，把桃酥挨個掰開，才看到一捲小小的紙條，展開紙條她仔細閱讀上面的字跡，不由得一怔……

雲初晴把那紙條揉成團，投入燃著香料的玉鼎中，化為一縷細煙嫋嫋升空。

她的眼中顯出震驚和不安：沒想到……那個女人還有歸來之日！

不行，她必須跟父親商量，這件事太過棘手，她能依靠的只有父親了！

於是，雲初晴對侍女思纖道：「妳悄悄回相府一趟，告訴丞相，就說我要見他一面。」

思纖點頭退下，很快相府送來請帖，說是雲夫人邀已出嫁的三個女兒回家聚聚。

這一夜王爺沒有回府。當然，王爺不回來也是常事，而且他沒有必要向任何人彙報。除了他的衛隊和馬公公，大概沒人知道他的具體行蹤。

雲初晴叫人跟馬公公打聲招呼，說要歸寧。馬公公什麼都沒問，立即派人準備送給相府的禮物，還有王妃的車仗護衛，到了時辰親自送到大門口。

雲初晴只是淡淡的點了點頭，便上了馬車。

她雖然討厭馬公公，卻也阻止不了一個事實：就是王爺根本不信任她！她手中的權力只不過是能決定自己宮中的事務，這個掛名王妃她要當到什麼時候？本來她以為只要自己努力，王爺早晚會看到她的好，可是……那個女人要回來了！她……她還有什麼機會！

想到這裡，她不由得心如亂麻，再也等不下去，隔著簾子命馭手快點行進。

雲初晴回到雲相府，自然免不了一套冗長的繁文縟節。與兩位姐姐還有嫡母見面，她並沒有什麼可愉悅的，不過面上依然要維持王妃的貴矜，起碼得讓其他人以為她很幸福。嫁給了權傾天下的淳安王，在姐妹和親戚眼中能看到羨慕和嫉妒的光，這樣她娘在相府才能不受欺凌。為了娘，無論如何她都不能退縮，不能被人搶走王妃的位置！

直到用過午宴，兩個姐姐都去見自己的生母，雲初晴才被喚到幽蓮渚之內。她的父親雲丞相正對著一盤未下完的棋發愣，手中執著一枚棋子正舉棋不定。

雲初晴就這樣靜靜的站在門口，隔著珠簾卻不想打斷他的思緒。看著父親凝神聚眉的嚴肅表情，她忽然覺得父親老了，額心已被歲月的痕跡深深鑿磨出一道「川」紋。

他反覆用兩指揉捻著手中的棋子，雲初晴不由得冷冷一笑……她不也是父親手中的一枚棋嗎？

雲赫揚偶然抬頭間才看到珠簾外站立已久的女兒，他和藹的微笑，「晴兒，快進來。」

雲初晴這才挑起簾櫳款步而入，飄然而拜。

雲赫揚看了一眼打扮奢華耀目的女兒，雖然桃腮櫻脣、妝容冶麗，卻掩不住神情間的落寞。這種閨怨，雲大丞相又怎能看不出來？

他把棋子握在手中，說：「晴兒，妳可曾埋怨爹爹，把妳嫁給淳安王？」

雲初晴斂下眸子，脣邊綻開一縷慘澹的笑意，說：「晴兒是自願的！怎麼能埋怨爹爹？只是怪晴兒太過愚笨，既不能猜透淳安王的心思，又不能為爹爹做更多的事情。」

雲赫揚不由得皺眉，忍不住教訓道：「男人不需要女人猜透自己的心思，更何況那個男人還是攝政王！妳只須用女人特有的溫情似水軟化他、感動他即可！要知水柔無形卻能穿透最堅硬的石壁，冰山也可以有消融的那一天！」

雲初晴低下頭，惶恐的說：「晴兒知道了。」

她瞞著父親私改南疆兵力部署圖的事若被父親知道，只怕她就會變成棄子！不過此時還得先藉父親之力解決強大的敵人才是！

於是雲初晴低聲問道：「爹爹傳遞的消息，晴兒已經看了，如果那個女人回來，晴兒該怎麼辦？求爹爹指點！」

雲赫揚嘆了一口氣，覺得當初只憑著外貌選擇嫁到淳安王府的女兒還是失誤了！初晴的外表是最美的，可卻沒有繼承一絲一毫他的精明和心機。因為她對淳安王一見鍾情、十分執著，他就想著第一初晴比較好控制，又是庶出，能乖乖聽話；第二，像初晴這樣漂亮的女子就算再不喜歡，天長日久也會動心吧？淳安王就算是個冰山，終究也是個男人。他了解男人的心態，對於痴迷自己的女性，就算再不喜歡也下不了狠手。

可是他終是錯了……連月嫵那樣的女子都不能征服的淳安王，又怎會對初晴動心？初晴只有一腔痴愛，手段、心機都輸了一大截！連他傳信的意思都不能領悟……看來有些事不是教就能會的。

雲赫揚的口氣愈加凌厲起來：「還沒等迎敵就先自亂陣腳，妳這王妃之座乾脆就讓給人家算了！」

「爹爹……我……」雲初晴跪在地上，泫然欲泣。

雲赫揚深吸一口氣，按下怒意，說道：「不管怎樣，妳都是正妃，只要沒有大錯，淳安王都不敢輕易廢除妳。那個女人是什麼背景？淳安王就算再喜歡，也要顧及現在的身分。她的威脅自然有爹爹幫妳擺平，唯今之計妳不要再跟寧侯家那傻子爭寵，讓人鑽了空子，妳得拉攏寧家丫頭，恩威並施，讓她不得不聽命於妳！把她拉到妳的戰線，兩個人的力量怎麼也比單打獨鬥強，這回可明白了？」

這種點名道姓的說法，就算是傻子也能聽懂了。受到如此羞辱的雲初晴卻未顯示一絲羞愧，她只是跪下向雲丞相深深叩頭，說：「晴兒駑鈍，讓爹爹操心了。」

雲赫揚揮了揮手，示意道：「去見妳娘吧。」然後又專心致志的把目光投到棋盤之上。

雲初晴緩緩走在通往小洲的拱橋上，那抹豔麗的倒影在水中格外落寞。她忍不住拾起一枚小石子投入湖心，蕩起一波波漣漪搖碎了倒影，她看著那水波發呆。

她的心迷失了方向，每當遇到關於他的事，她的思考能力就直接變成了零。太在乎一個人就會變傻，看來她比寧子薰強不到哪去……可是，就算讓她付出再多的代價，她也不會後悔！

◎※※※◎※※※◎※※※◎

第二天，寧姨娘按時去向雲初晴請安。

聽見外面傳稟說寧姨娘到了，雲初晴掩下滿腹心事，說道：「進來！」

不一時寧子薰進來，見雲王妃對她與以往並無不同，才鬆了口氣。

據小瑜說，王爺這塊肥肉不小心掉到她這灰堆裡，很多女人都在扼腕嘆息中。雲王妃一定會對她橫眉冷對，最起碼也是雞蛋裡挑骨頭……

寧子薰很「人類化」的翻了個白眼：是這塊肥肉自己強占灰堆的好不好！

雲王妃叫人為寧子薰搬了個繡墩，以往寧子薰只要接受一下不疼不癢的冷嘲熱諷就行了，今天看樣子是要長談。

雲王妃開口道：「自從那日王爺貶了月嫵出京，她連夜整理好包裹，一早就來向我辭行，身邊的侍女也只帶了一個。她這一走，如今只剩下咱們兩人，以後要好好相處才是。」

「是。」寧子薰低著頭乖巧的回答。

小瑜提著耳根囑咐她一定不要跟雲王妃多說，說得越多越容易暴露。聽說雲王妃曾與寧子薰是同一個師傅教出來的，一定很了解她的行為，所以要謹慎行事。

雲王妃望了望窗外，天氣晴得再無一絲雲朵，只聞四處蟬鳴陣陣，便對寧子薰說：「今天炎熱，咱們去飲綠水榭坐一會兒，今天廚房做了冰酪酥山，拿去那裡邊吃邊聊。」

寧子薰呆了一下，雲王妃顯然不容她拒絕，起身對她輕輕抬起手……這姿態倒像是主子賞奴才面子讓她扶自己的手。

對於地位比自己低的人不能一味拉攏，要恩威並施，才能達到目的！

在其他人看來已是極盡侮辱，畢竟寧子薰也是王爺的侍妾，並不是王妃的侍女。可是寧子薰哪裡搞得清這些麻煩的古代禮節，逕自走了過去，一把拉住雲王妃的柔荑往外就走。

雲王妃差點被自己的裙襬絆倒，兩人風風火火的衝出了集熙殿，後面跟著的侍女全都緊張起來——這哪像寧姨娘扶著雲王妃散步，分明是寧姨娘劫持雲王妃跑路！

雲王妃手扶巍峨髮髻，氣喘吁吁的說：「妳……妳不能慢點嗎？成何體統！」

「不是要到水榭去嗎？我想釣魚！」

寧子薰在王府也有一段時間了，作為戰士最基本的就是熟悉環境。聽幾個小侍女說每到夏天淳安王和七王爺經常在飲綠水榭釣魚，寧子薰早就對釣魚這項活動「垂涎已久」，在她生存的世界，就連深海魚類都快滅絕得差不多了。

「那也不用跑啊！」雲王妃面色緋紅，甩開寧子薰的手。

寧子薰只得慢步跟在她的身後，來到水榭，頓覺清涼宜人。卷棚歇山探出的飛簷隱在翠柳之中，遠眺而望，滿眼都被浩波碧荷占據，侍女們捧過繡著纏枝花的坐褥靠背，雲王妃坐在鵝頸欄杆靠椅上。

不一時，眾侍女抬上金盤裝的乳酪櫻桃澆的冰酥山來，上面插著五彩小旗子。

貴婦們坐在一起總是不急於吃酥山，而是要觀賞一陣，等乳酪櫻桃完全滲入冰酥山中，才讓侍女們盛在玉碗中細細品嘗。

而寧子薰卻毫無形象的趴在鵝頸欄杆上，探頭望向水面，茂密的荷葉下幾隻小魚圍著殘落的蓮瓣追逐嬉戲。

「妳那裡缺什麼就跟我說一聲，別好像本王妃對妳苛刻一般。」雲王妃開口道。關係要慢慢拉近，不能一上來就提兩人合作的事。

寧子薰回過頭，眼中冒光，問道：「真的嗎？那可以……先給我來一副漁具嗎？」

「……」雲王妃捂著胸口，半晌才道：「來人，拿漁具給寧姨娘！」

一旁的小瑜卻不由得凝起眉頭，心想：雲王妃為何如此厚待寧子薰？一定有什麼陰謀！

不一時太監送來漁具，寧子薰擺弄半天卻不得要領。

小瑜默默走過去，捋順好魚線、浮標，穿好魚蟲，才說道：「把線拋遠些，等魚咬鉤再提起來。」

寧子薰的感覺很靈敏，往往剛有魚接近，她便急急提起魚竿，結果當然釣不到一隻魚。

雲王妃見她急得半個身子都探到欄杆外，不由得伸手拉她，「妳坐下消停會兒吧……」

寧子薰的腳突然一滑，撲通一聲掉進了水裡，雲初晴若不是扶住欄杆也險些被她拉到水中，一時間眾人都變了臉色。

「快！寧姨娘掉水裡了，快來人！」早已有人大喊起來。

雲初晴感覺到周圍異樣的目光，可那句話卻怎麼也說不出口——真不是我推的！我是冤枉的！

就算她真的這樣說，只怕沒人會相信，還會被人嘲笑是此地無銀三百兩！王爺剛剛留宿在斑淚館，寧姨娘就「意外」落水了，說出去，誰信呀？

時至今日，雲初晴方明白，真正的高手是傻子寧子薰！用她看似白痴的辦法不僅打敗了月嫵，又狠狠的整了她一把！

一旁的思巧走了過來，輕輕扶住雲初晴，低聲說：「王妃太心急了，只一晚上又不一定懷得上，何必引王爺猜忌？」

看吧，連她自己的貼身侍女都深信不疑！

她狠狠剜了一眼思巧，低下頭正好看到方才寧子薰踩空的地方有一顆圓滾滾的珍珠。看著如此眼熟……分明就是今早寧子薰頭上戴的那個飾品脫落下來的！

雲初晴狠狠把珍珠捏在手中，只覺一口悶氣堵在胸口。

一時間侍衛們都衝到了湖邊，又有太監抬來無數小舟，下湖打撈。望著忙碌的人群，雲初晴的臉色著實難看。

這時，外面一個綠衣侍女慌慌張張跑來，低聲回道：「王妃，不……不好了！武英侯夫人來看寧姨娘了！」

他們一家是商量好的要黑她吧？雲王妃的臉色徹底成了鍋底色。

半晌，她才吩咐綠衣侍女：「先請武英侯夫人到正廳奉茶。」

只有一旁的小瑜不禁冷笑，反正他知道寧子薰這傢伙掉進水裡也死不了，就算在水底待個十天半個月也沒事。

幾艘小舟在水面上費力搜尋，畢竟盛夏整個湖面都被荷葉覆蓋，著實難以前行，一些水性好的侍衛甚至跳進湖中不停尋找……

雲王妃正在焦急的觀望，突然一隻濕淋淋的手抓住她腳下的臺基，嚇得她尖叫一聲。

只見寧子薰像隻水鬼般從水裡爬上來，身上附著無數的綠萍，最誇張的是嘴裡還叼著一條鮮活的大鯉魚。

她爬上來，手提魚尾邊搖邊說：「釣魚太麻煩，還是這樣來得痛快！」

眾人這才鬆了口氣，只聽見雲王妃咬牙說道：「等會兒給侯府的回禮就用這條魚吧，這可是寧姨娘親自下湖捉的！」

換過衣服，寧子薰和小瑜來到王妃指定的小花廳會客。因為妾氏的地位低下，就算是出自武英侯府也要遵守規矩。

看到來人，寧子薰不由得愣住了，原來是奶娘方氏和母親嚴夫人。

「娘。」寧子薰端正的向嚴夫人行禮。

嚴夫人眼圈一紅……

奶娘忙上前扶起寧子薰，低聲道：「聽說小姐大喜了，可千萬保重身子，若生下一男半女，妳在王府的地位就穩固了！」

這是件非常難做到的事，殭屍是消耗物種，是不會繁殖的。寧子薰含糊的點點頭，起身坐在椅子上。

知道外面有雲王妃的探子，所以幾個人不敢聊太多，只能說些不痛不癢的話。

方氏對寧子薰微笑道：「大小姐都這麼大了，還是那麼淘氣，看妳頭髮還沒梳好，來，奶娘幫妳好好梳上。」

於是她走到跟前一邊替寧子薰梳頭，一邊低低的在她耳邊說：「最近朝廷有動向，與南虞局勢越來越緊張，淳安王已與老爺談了，要派老爺去鎮邊。南疆現任的守將都是老爺一手提拔起來的，所以淳安王才要派老爺去。當然，淳安王一向不相信任何人，他已把妳大哥調回來，說白了還不是把他當成人質，咱們一家子都在京城，這是為了牽制老爺不能有異心。大小姐在王府一切小心，王爺寵妳也不過是給咱們家看，小命只有一條，還是趁著機會快點懷上孩子，才是保命符！」

說著，方氏把一個紙包塞進寧子薰袖子裡，說：「這是求子靈藥，還有一道靈符，每次合房後記得吃一抿子，靈符要天天戴身上，知道嗎？」

都什麼亂七八糟的？她根本沒聽明白，奈何方氏還未說完。

「最近要和南虞動手，自然要和北方北狄和好，要不然這邊打南虞，北邊再趁勢而起，大齊就落得腹背受敵的境地了。所以……還有一件事，大小姐妳聽了一定不能激動。那個被成祖嫁到北狄的王嫮回來了！」

「王嫮……是誰啊？」寧子薰側頭不解的問。

方氏嘆了一口氣，說：「不知道更好，妳只要記得一點，不可與其他女人爭寵，趁寧家現在在王爺眼裡還有利用價值，快些懷上個孩子，這才是最重要的！」

嚴氏也哭哭啼啼的絮叨半晌，寧子薰只能忍住。反正她也沒有義務聽從寧家人的話，等她想辦法得到了兵符，就可以逍遙自在的生活了。

送走了嚴氏和方氏，寧子薰叫小瑜來把嚴氏送來的一大堆東西抱回斑淚館。

「有個娘真不錯，還有人惦記妳。」穿過碧水橋長長的走廊，四下無人，小瑜淡淡說道。

「人類不都有嗎？怎麼，你沒娘？」寧子薰好奇的拿起一個繡給小嬰兒的虎頭帽，戴在自己的頭上。

——武英侯夫人會不會太心急了些？竟然連這些嬰兒用品都為寧子薰準備了。

小瑜搶過虎頭帽放回包裹裡，淡淡的孤寂在眼中一閃而過，他平靜的說：「我是師父撿來的棄兒。」

寧子薰步伐頓了頓，聳聳肩道：「沒有父母就很悲慘嗎？人類真是奇怪，喜歡結成各種各樣的關係，父子、母女、夫妻、朋友……人類又很脆弱，一旦死亡，對於其他有關係的人來講，就會非常痛苦。如果沒有這麼多複雜的關係，不必承擔其他人帶來的痛苦，活著或死亡都是自己要面對的事情。」

小瑜皺起眉頭，突然不悅的說：「所以妳才是一具低等的殭屍！自然不能體會喜歡一個人那種心動的感覺，願意為彼此付出一切乃至於生命的感情……這些事情妳永遠不會懂！」

寧子薰漆黑如夜的眸子盯著小瑜，側頭思索半天，問道：「那……小瑜喜歡過別人嗎？你可以教我怎樣喜歡別人，怎麼樣才會有人類的情感。」

小瑜避開她的視線，加快了腳步，邊走邊說：「我是道士，修行的人要清心寡欲，我不會喜歡上任何人的。」

清心寡欲，這個詞她明白，於是寧子薰更加不解了，問：「不會因為任何人或事產生喜怒哀樂、模樣永遠不變，還能活很長很長的時間……原來你們道士追求的結果就是殭屍的境界啊？」

小瑜臉紅，怒目道：「才不是呢！妳這個沒腦子的笨殭屍怎麼能理解道家精髓！」

寧子薰癟癟嘴，不屑的說：「身為人類，自己都不懂什麼叫喜歡，還批評別人！」

喝，真是三天不打上房揭瓦！幾天不教訓就敢對道爺不敬？小瑜抿著脣把東西往地上一頓，從袖裡掏出人偶……

看著小瑜臉色不睦又掏出致命武器，寧子薰轉移話題：「其實我也知道一些人類表達情感的方法，我做一下你看看對不對？」

以前看過影像資料，她努力回想了一下，然後走到小瑜面前，捧起他的臉，努力認真的看著他，幾乎都要看成鬥雞眼了，她才說道：「我喜歡你！」

小瑜的臉一下就紅了，只見寧子薰的面孔越來越近，他不由得慌亂，喝道：「妳……妳要幹嘛？離我……」

還沒等說出「遠點」二字就被殭屍強吻了！小人偶掉在了地上……

寧子薰的脣緊緊貼在他脣上，努力啃著……

不能怪小瑜不反抗，殭屍的力量太大了，可能連大象被強吻都掙脫不了。

寧子薰突然想到資料裡的一個細節，於是伸出舌尖探入小瑜的口中，動作僵硬而粗魯，她根本不懂吻是什麼，覺得就是人類在互相傳遞自己體內的有益菌罷了。

小瑜感覺到她的「入侵」，在全身不能動的情況下，只能用舌頭奮力抵抗。本來他用舌頭抵死要把入侵者拒之門外，結果到了最後卻成了互相逗引，抵死纏綿……

吻得意亂情迷，等到小瑜清醒時才發現，自己的舌頭竟然入侵到她的口中反客為主了！

也許是他極力掙扎，寧子薰才感覺到他好像挺難受的，終於放開了他。

小瑜大口大口的喘息著。寧子薰覺得接吻還真是個技術性的工作，弄不好會讓人類缺氧窒息而死。

「呃，是不是我學得不像？我已經盡力了，人類表達情感不就是擁抱和接吻嗎？我以後會多多練習，找誰呢？淳安王脾氣不好又是敵人，七王爺身體比你還弱呢……」

寧子薰話還沒說完，只見小瑜臉色鐵青，彎身撿起地上的小人偶，咬牙默唸禁咒。

下一刻，寧子薰已身不由己，隨著小人偶的節奏一跳一跳走到湖邊，最後再猛地一跳……

湖面只剩下一圈圈巨大的漣漪。

——這個女色狼，在水底待著吧！

小瑜抱著東西氣哼哼的回斑淚館了。

寧子薰覺得自己挺冤的，人類真是喜怒無常，明明是他說自己不懂感情，不就是沒吻好嗎？有必要把她泡在水裡一天嗎？

湖底挺無聊的，除了爛泥就是荷根，偶爾游過的魚還啄她的臉，她不能動，只能眼睜睜被魚欺負。

不過魚嘴輕啄臉頰的感覺倒讓她有了領悟，接吻是不是也應該像魚一樣輕輕的才舒服？唉，此小魚非彼小瑜，除了溫柔的啃她，並不會幫她解開縛屍術。

天都黑了，小瑜才到湖邊解了寧子薰的束縛，她爬上來順便抓了一條大肥魚。

一路上小瑜根本不理她，一個人走得飛快。

兩人回到斑淚館，在門口遇到了馬公公，他見寧子薰一身濕淋淋的樣子，手裡還拎著一條魚，氣得直翻白眼，耷拉著一張長臉問道：「寧姨娘妳這是……捉魚捉上癮了？」

寧子薰倒不覺得尷尬，反正她這個殭屍自從到這個世界就是人人得而欺壓，已習慣整日被教訓了。

馬公公見寧姨娘無一絲愧色，而是習以為常的傻笑表情，不由得皺緊眉頭，說：「虧得王爺不在，否則看到妳這樣子豈不生氣？」

真不知王爺這世裡倒了什麼楣，遇到的女子沒有一個好的！月嫵雖然什麼都好，可是身分太低賤了，霸占了寵位這麼多年也沒生下王嗣；雲王妃是雲赫揚那老東西的女兒，王爺又要用著她又要防著她；至於這位……他好像連評價都可以省略了。

「咦，王爺今晚又不回來了？」好像有兩三天沒回王府了，不過寧子薰才不在乎呢。她不懂掩飾，明顯露出興奮的神色，把魚拋給馬公公，道：「太好了，今天不用睡地板了！」

馬公公聽到此言頓時僵在原地，鯉魚在他懷中亂蹦著。

——原來……王爺他一直沒跟寧姨娘圓房啊！

馬公公暗自腓腑：王爺，難道您真是不舉了嗎？

寧子薰剛要進正房，才忽然想起正房已被淳安王那傢伙霸占了，他不在，她也沒權力進去，只能灰溜溜的回到西廂房。換上一身乾爽衣服，她捧起一本書窩在床上看了起來……

My Zombie Princess

第2章

多事之夜

小瑜進入西廂房，站在門口看了她一眼，實在忍不住開口道：「妳能不能做樣子點個燈？黑暗中看書夠嚇人的，還瞪得眼睛都冒綠光了！」

「呃，我一時間忘記了。」寧子薰忙爬起來找火鐮把燈點上。

小瑜還在生氣中，以昔日的經驗來看，要好幾天不理她了，可今日這才過了一會兒就紆尊降貴的跟她說話，她實在有點受寵若驚呀！

「方氏來跟妳說什麼了？不會只是為了送這些東西吧？」小瑜提起白天的事。

寧子薰把方氏所說的話向小瑜敘述了一遍，小瑜聽後默默點頭。難怪淳安王突然跑到斑淚館，不是寧子薰的努力而是政治需要。不知為何，他的心情好像好了很多。

寧子薰突然想起來，問道：「對了，你知道王嫣是誰嗎？」

小瑜瞇起眼睛，想了想說道：「沒什麼印象，我和師父一向四處漂泊，對於大齊朝中的事並不是很了解。不過既然是方氏所問，定然與淳安王或朝廷動向有關，不如妳明日向七王爺打聽一下。」

「嗯！」寧子薰點點頭，看小瑜面色稍緩，她換成一副可憐巴巴的表情，哀求道：「不要生我的氣了，我反思後知道錯在哪了，親吻的時候要輕輕的……下次我輕點，保證不讓你難受！」

小瑜的臉瞬間又成了鍋底色，狠狠一捏人偶，寧子薰沒心理準備，一下子倒在地上。

「睡覺！」他轉身出門，砰的一聲把門關上。

喂，我還沒曬月亮呢！好餓啊……寧子薰在心中小聲吶喊道。

◎※※※◎※※※◎※※※◎

第二天，寧子薰梳洗好先去集熙殿向王妃請安，卻被門口的侍女攔住，說是王妃昨日受了風寒身體欠安，不用她請安了。

寧子薰當然不明白雲王妃根本就是被她氣的，還好心的提醒侍女：「找醫生來看看王妃，人類太脆弱，一旦感染就很容易掛掉。」

侍女臉色愈加難看，朝她行了禮轉身跑掉了。

寧子薰轉回斑淚館，突然想起她娘送來一大堆吃的給她，反正她也不吃人類的食物，留下一半給小瑜，又裝了一盒子緩緩向杏花天走去。

此時杏花早已落盡，茂盛的綠葉間結出青色的小果子。

輕輕推開門，原以為小院中依然滿是鶯鶯燕燕熱鬧喧囂的杏花天，卻出奇的寧靜。

往日七王爺就坐在綠蔭下的水絲涼榻上與侍女們調笑，今天那張空蕩蕩的涼榻卻讓她覺得失落。

如果說淳安王是敵人、是任務，那小瑜就是飼主、是引導者，他們與她之間存在的關係是利益，而七王爺睿景卻是第一個能平等對待她的人類。她在這裡永遠不會感覺到威脅和壓力，他和阿喵總是能帶給她歡樂和輕鬆。

「七王爺……」寧子薰輕聲叫道。

只聽見「骨碌」一聲，天青色的酒瓶從草叢中滾了出來。

寧子薰跑過去，只見七王爺躺在草叢中，身上的月色輕衫滾滿了草屑，碧玉簪靜靜的躺在草中發出溫潤的光澤，長長的黑髮散亂在草間，他原本蒼白的膚色桃花入面倒顯出一絲妖嬈，像是林間惑人的妖精。

聽到響動，他微睜雙目，喉結輕輕蠕動，對寧子薰說：「水……給我水喝。」

寧子薰放下食盒，大力神般的走到跟前抱起七王爺回到涼榻上。

七王爺星眸微澀，皺眉認了半天，才展顏笑道：「原來是寧姨娘……找女人就應該找寧姨娘這樣的，上得了圍牆，下得了水塘！」

「多謝七王爺誇獎，其實我的很多能力還不方便展示。」寧子薰很認真的回答道。

對於自己的身手，寧子薰很有自信。雖然比不上那些古武者，可是一般的人類如果沒有武器的話，就算來上百八十個也是打不倒她的。

「還有難得的喜感……」七王爺大笑起來，笑得胸腔一震一震的。

寧子薰把他放在涼榻上，又幫他打來清水。

七王爺喝著清水似乎清醒了許多，不過表情依舊玩世不恭。他故意抓起一綹寧子薰的髮絲，笑道：「如果有一天六哥也把妳遣散了，妳可願跟著我去外面雲遊？」

「不願意！」寧子薰毫無表情的說。她的任務還沒完成呢，淳安王就算趕她走，她也不能走！

七王爺饒富興趣的挑了挑眉，說：「不會真對我六哥動了心吧？」

寧子薰抬起頭想了想，把前幾天看到的大齊刑律中記載姦非罪的那段文字背誦出來：「與兄弟妻姦者，各杖一百七，姦夫流遠，姦婦從夫所欲。諸嫂寡守志，叔強姦者，杖九十七。諸與同居姪婦姦，各杖一百七，有官者除名。諸強姦姪婦未成者，杖一百七……」

以後都要在這個時代混了，當然要好好學習這個時代的法律和社會規範，她怎麼說也是全球殭屍聯盟第五戰區防禦部隊第三偵察小隊的隊長！七王爺也太小看她了！

七王爺當場就嗆水了，咳了半天才抬起頭，「妳放心，我好歹也是王爺，對妳這類型的沒有興趣，只是怕妳沒個後路，想幫幫妳罷了。」

「多謝。」寧子薰把食盒打開，裡面整齊的放著各種精美的小點心，說道：「這個，送你的。」

「那我也多謝了！」七王爺拈起一塊桂花糕吃了起來。

寧子薰這才提正事：「對了，七王爺知道一個叫王嫮的人嗎？」

七王爺聽到此言動作突然停了下來，眼中粼光閃動，似悲似喜，彷彿這名字有魔咒一般將他硬生生釘住了，半晌未說出話來。

寧子薰側頭，她從未見過七王爺這樣的表情。

也許是她的目光太過認真，七王爺轉過頭咳了一聲，開口道：「王嫣……是我父皇的妹妹清源長公主所生之女，也是我們的表姐！」

寧子薰不由得驚訝，原來王嫣竟然是七王爺家親戚！

七王爺笑得十分苦澀，說道：「她是個聰慧溫柔的女子，從小就顯露出過人的天資，深得父皇喜愛，所以經常召她進宮。在那年與南虞開戰前，為了穩定北方局勢，把她嫁給了北狄的奧魯赤汗。妳若提她的閨名，只怕有許多人不知，若提父皇賜的封號，只怕大齊沒有人不知曉。她的封號是——無憂公主。」

她想了想，一個遠嫁北方的公主回來，跟她又有什麼關係？

寧子薰拍拍衣上的草屑，說：「多謝七王爺告訴我，我得回去了。」

她剛起身，只聽見七王爺幽幽的說：「王嫣……是我六哥一直等的那個人！」

寧子薰回過頭，驚愕的看著七王爺。

七王爺苦笑道：「奧魯赤汗突然暴斃，按照北狄人的習慣，她應該嫁給奧魯赤的兒子。可是奧魯赤有兩個年長並有軍權的兒子，都想繼承王位，聽說情勢非常緊張，所以六哥命戍北都護府，暗中聯繫王娉把她接回大齊。昨晚六哥一夜未歸就是千里奔到北方去接她了。」

原來……淳安王有喜歡的人！難怪剛才七王爺會說要她跟著他的那番話，原來她真的有被趕出王府的危機，像月嫵那樣。

「七王爺，如果淳安王趕我走，我該怎麼辦？我想留在王府！」

七王爺皺起眉頭，說：「這取決於六哥對王娉的感情有多深，還有北方局勢的變化有多壞！如果北方持續動盪，那與南虞之間勢必要緩和，妳爹的作用就沒有了，妳在他眼裡也就沒有利用價值了。」

回到斑淚館，寧子薰顯得心事重重。

沒心沒肺的傢伙能變成這樣一定有事！小瑜抱著雙臂問道：「從七王爺那裡打聽到什麼

消息了？」

寧子薰把七王爺所說的事情轉述了一遍，愁眉苦臉的問：「萬一淳安王趕我走，怎麼辦？」

小瑜沉著眸子，冷哼道：「若妳不犯錯，他也不能無故把妳趕出淳安王府，畢竟妳的身分跟月嫵不一樣。不過……指望妳不犯錯難度大了點。趁淳安王還未回來，麟趾殿正在維修，還是好好搜查一下麟趾殿比較有用。」

「我跟你去！」寧子薰拉住小瑜的衣袖。

小瑜的視線在她臉上梭巡良久，忽而轉過頭去，說：「昨晚妳沒去養屍地，今晚好好修煉，我一個人去麟趾殿就行了，帶著妳倒麻煩。」

「哦～」寧子薰揉揉肚子，這才覺得餓。

她轉身走出房間，沒看到小瑜臉上複雜的表情。

◎※※※◎※※※◎※※※◎

那個侍女回去把寧子薰所說的話對雲王妃說了一遍，雲初晴不由得瞇起眼睛。

寧子薰裝傻充愣的本事倒是一流！若此時她向寧子薰提出聯手，那寧子薰一定會以此要脅她；只有自己的手中有了把柄才能掌握主動權，寧子薰才會聽命於她。既然軟的不行，就來硬的！

有了王爺入住，斑淚館的伙食改善了不少，而且還允許他們自行取拿食物，小瑜已經不用再吃寧子薰打來的野味了。剛從後廚回來，他端著一盤粉蒸肉、鮮魚鮓和涼拌藕片正往回走，卻遇到雲王妃的貼身侍女思巧。

思巧慌慌張張的說：「小瑜原來妳在這啊！找了妳半天了，妳家姨娘在集熙殿叫妳去呢！」

——難道小殭那傢伙又出了什麼狀況？

小瑜急忙問道：「寧姨娘她出了什麼事？又被王妃責罵了？」

思巧滿臉堆笑，說：「不是啦，王妃賞了寧姨娘好些首飾拿不了，讓妳去幫著拿呢！」

原來是這樣……小瑜鬆了口氣，把手中的托盤放在假山石上，跟著思巧來到集熙殿。

思巧把他領到集熙殿的退居處，思織笑咪咪的端上一盤子珠寶，說：「我幫妳先把珠寶包起來。」

「寧姨娘呢？怎麼不見人？」小瑜有了幾分懷疑。

賞賜都是當面賞的，哪有背地裡賞賜的？更何況思巧和思織的表情十分詭異。

只見思織以迅雷不及掩耳的速度把珠寶塞進小瑜懷中，一把抓住他的衣襟開始大喊：「來人啊，抓賊啊！」

不到一秒鐘，從門外衝進來一大群僕婦，圍住了他們。

思巧指著小瑜道：「這丫頭趁中午無人，私入王妃寢宮偷了不少珠寶，被我和思織抓個正著！人贓俱獲！」

——這……這種水準的陷害是不是太低級了？真是一點技術性都沒有！

小瑜翻了個白眼，一把推開抓著他的思巧，冷冷說道：「整個集熙殿這麼多人，試問我如何能偷到珠寶?更何況說中午無人，怎麼突然跑出來這麼多人?分明是在外面埋伏好的！既然說我偷了東西，就請把我送到馬公公那裡審問吧！」

雲王妃在淳安王府可不能一手遮天，馬公公雖然沒事經常耷拉著臉，可是他絕對不會被矇蔽。

這時，大門敞開，僕婦和侍女們紛紛閃開，只見雲王妃款款而入，喝道：「好個牙尖嘴利的奴才！把她綁上，叫寧姨娘來！」

小瑜握了握拳，忍了下來，沒有反抗。他不能暴露自己的性別，更不能暴露寧子薰的身分，畢竟任務還未完成，先看看雲王妃到底要玩什麼把戲再說！

不一時，寧子薰被領了過來。她看到小瑜被綁著跪在地上，旁邊還放著一堆珠寶，不禁錯愕。

雲王妃端著茶杯坐在那裡，幽幽的看了她一眼，道：「寧姨娘，妳的侍女偷了東西，妳看該怎麼辦？」

寧子薰目光堅定的看著她道：「小瑜才不會偷東西呢！況且這些不能吃的破石頭我也有

好多，他都不看一眼。」

雲王妃輕笑道：「只可惜現在人贓俱獲，抵賴也沒用！按著規矩，私自偷盜主子財物，是要被砍去手腳的！」

「奴婢是寧姨娘陪嫁，只有寧姨娘可以處置，再說事情未明，雲王妃不能私自用刑！」小瑜抬起頭，目光毫不畏懼的迎了上去。

雖然這丫頭長得有幾分妖嬈，可那雙眼睛卻透著浩渺清靈，像一枝寒梅，雖然妖豔卻傲骨錚錚。看著那幾近於蔑視的目光，雲王妃忍不住怒道：「用馬公公來壓本妃？集熙殿的事本妃說了算！來人，給我掌嘴！不見血不許停！」

寧子薰剛要衝過去，卻見小瑜皺著眉衝她微微搖頭。不能利用殭屍傷害人類，這是養屍道人世代立下的規矩。不過是皮肉之苦，又不是沒挨過，小瑜冷笑。

幾個凶悍的僕婦按住小瑜，又有人拿來竹掌板狠狠搧他的嘴巴……清脆的聲音迴盪在殿中，不一時原本蓮瓣一般精巧的面孔就被打腫了，鮮血順著下顎蜿蜒流下，滴在地上。

「住手！」寧子薰一聲大吼。

只見她手舉著擺放在地上的巨大香鼎，瞪大眼睛死死盯著雲初晴。

四周傳來一陣尖叫聲，而雲初晴則被驚呆了，連一絲聲音都發不出來——寧子薰，不會是要用鼎砸死她吧？

「不是出血就行嗎？」

寧子薰冷漠的環視四周，突然舉起香鼎狠狠砸在自己頭上。

一聲刺耳的金屬碎裂聲響起，雲初晴掩面尖叫，四周一片嘈雜。她再睜開眼睛時，卻看到滿地的碎片。而寧子薰依然屹立不倒，鮮血把整張臉都掩蓋了，像從地獄裡爬出來的惡鬼，那雙閃著幽光的眸子看上去更加恐怖……

一時間，所有人都成了木雕。

這是何等的蠻力啊……把銅鼎都磕碎了！

寧子薰走到小瑜面前，跪下，將他身上的繩子解開，說：「我不會讓你有事的。」

「笨蛋！」小瑜狠狠咬住脣，扭過頭說。

他並沒有和小殭訂下契約，沒有收服她為自己的屍煞，所以她救護自己的行為並不是受到控制，而是發自她的本心！她把他的安危放在比自己更高的地位，他不讓她攻擊人類，她就想出這樣的法子來保護他……

這一刻，他心中堅固的保護殼突然裂開了，他感覺到有什麼東西汩汩流出，灼熱滾燙，淹沒了他原以為堅固的堤壩。他突然好想緊緊的抱住她，再也不放開……

雲初晴捂著胸口，她也被這個傻子嚇到了！她用小瑜來威脅寧子薰，不過是想要讓寧子薰問一句「妳想要怎樣？」……不就是想讓她來質問自己，有這麼難嗎？跟傻子……果然是不能溝通的！

寧子薰扶起小瑜轉身要走，雲初晴忍不住叫道：「妳……先別走！」

寧子薰看了她一眼，說：「我現在回去取銀子，賠妳香鼎。」

雲初晴翻了個白眼，看這精神勁，她一時半會且死不了呢！於是她說道：「本妃有話要說！」

寧子薰這才站住，雲初晴無力的朝左右揮揮手，眾人都退了下去，她才開口道：「妳知道王爺為何好幾天都不回府嗎？」

寧子薰張了張嘴，瞄了一眼小瑜，又把嘴閉上，說：「不知道。」

雲王妃皺眉道：「其實王爺是去接遠嫁北狄的無憂公主！無憂公主與王爺關係匪淺，現在成了寡婦，只怕他們……妳明白我的意思嗎？」

雲王妃跟她說這件事有什麼用？難道想讓她宰了無憂公主？寧子薰側著頭呆呆的看著雲初晴。

雲初晴上前一步拉住寧子薰的手，掏出手帕纏在她的額頭上，道：「妹妹，只要我們團結起來、一致對外，才能保證咱們在王府的地位！不能讓那個無憂公主得逞！」

寧子薰不解的瞪著她：「就因為這事？妳幹嘛不早說？我當然同意！妳直說不就得了？有必要誣陷小瑜嗎？」

雲初晴扶額……這事跟她解釋不清！她是王妃，怎麼可能跟她平起平坐？當然要有馭下的手段！

「唔……害得我頭疼……」寧子薰捂著腦袋，就算是殭屍，失血過多也會暈的！

這時，小瑜面色冷峻，一下把她抱起來，疾步走出殿外。

雲初晴看著他們的背影，皺著眉，感覺有種說不出的怪異……

寧子薰看著小瑜紅腫的臉，低聲說：「沒事的，放我下來，我要自己走！」

「別動！」小瑜凝著俊眉，手臂更加用力的抱住她，聲音卻輕了許多，「乖，聽話。」

寧子薰顯然很不適應，打了個冷顫……習慣了受虐挨罵，突然的溫柔的確挺嚇人的。

杏花天裡，七王爺剛剛為自己泡好了醒酒茶，正要喝，就看到兩個血人衝了進來。

「這是怎麼了？」他推著木輪車迎上前去。

小瑜只說了一句：「磕傷。」

七王爺目光一沉，緊抿雙唇。內宅和後宮都一樣，是女人的戰場，而寧子薰顯然是個新手！

「去屋內把我的藥箱拿來！」七王爺吩咐。

小瑜忙進去取來藥箱，七王爺為寧子薰清洗傷口，擦上止血止疼的藥，再用紗布輕輕包紮好。他又幫小瑜清洗乾淨上了藥，才問道：「是雲王妃做的？」

寧子薰已經扶著額頭坐了起來，開口道：「是我自己。」

「是她為難妳了？」七王爺皺緊眉頭。

「沒事啦，不過受了點小傷！」寧子薰從竹榻上跳下來，晃了兩晃，終於沒倒，衝著七王爺笑道：「你看我這不是挺好的嗎？倒是七王爺你，幹嘛喝那麼多酒？現在還頭疼吧？嘿嘿嘿……」

這時阿喵也來了，寧子薰上前逮住胖貓一頓蹂躪，兩個呆呆的傢伙每次遇到都玩得很Happy。

七王爺還要追問，卻被小瑜攔住：「有些事情不是王爺能幫得了的，尤其是後宅的事情，寧姨娘也沒有您想的那麼弱。」

——她……很強的！雖然有時候不太可靠，卻讓人沒來由的想要相信她、依賴她！

小瑜目光追隨著寧子薰，臉上露出陽光般溫暖的微笑。

七王爺嘆了口氣，說：「好吧，如果有什麼我能幫得上的忙，不要客氣。好好保護她……她可是很珍貴的。」

小瑜心中一驚，難道七王爺知道了什麼?他抬起頭望向七王爺。

七王爺卻若無其事的端起醒酒茶，說：「對於六哥和阿喵，她可是很難得的玩伴呢!沒了她，整個王府都變得死氣沉沉，所以她很珍貴的，不是嗎？」

「……」小瑜看著他笑如彎月的眼睛，心裡卻有艘小船在沉沉浮浮。

◎※※※◎※※※◎※※※◎

深夜時分，兩人換上夜行衣一同出發。

小瑜問：「真的不用我陪妳去？」

寧子薰說：「沒事，我都恢復得差不多了!」

雖然斑淚館住了一大群人，但那些人都不會聽到什麼動靜。殭屍從院中跳出去的聲響比一片樹葉落地大不了多少。

出了院子，在竹林中，小瑜和寧子薰分道揚鑣，向各自的目標進發。

一路飛馳，無論是巍峨的城牆還是茂密的叢林，都不能阻擋殭屍的步伐。寧子薰喜歡這一刻風在耳邊呼嘯而過的感覺，月光把她的髮絲染上銀色，不經意間觸碰到的樹枝也帶著露珠和鮮活的生命氣息。這個世界令她著迷，為了能自由自在的生活在這樣的世界，她願意付出任何代價。

來到深潭邊，她脫下夜行衣，只穿著白色褻衣步入水中，任瀑布從頭頂流下，水潭中升起一個個光亮的小點，屍蟲漸漸向她聚攏，把她包裹其中。水霧、螢光，讓她看起來愈加縹緲虛幻。

這時，極遠處傳來陣陣雜亂的腳步聲，還有冷兵器的撞擊聲，淡淡的血腥味逐漸蔓延過來。寧子薰不由得皺起眉頭，她本想裝作聽不見，可那嘈雜的聲音越來越近。只見黑暗中幾個高大健壯的男人護著一個綠衣少年步步向山頂奔來，後面是一大群手執武器的黑衣人。

飛箭如蝗，在密林中射向逃亡的人。殿後的兩個男人護住少年，中箭倒地，眾人繼續向山上逃亡，看來這個少年是殺手追求的目標。

顯然殺手的速度和身手都在保護少年的護衛之上，很快他們就被殺手包圍了。

侍衛們把少年護在身後，拚死與這些殺手一搏。淒厲的風聲和著樹葉的颯颯聲像是死神吹奏的音符，淬毒的長劍在黑暗中著寒光，隨著殺手們的腳步逼近，死亡已緊緊扼住他們的咽喉。

不遠處傳來的沉重腳步聲和喘息聲打破了這致命的寧靜，眾人不由得望向樹林深處。

「喀嚓、喀嚓……」

那僵直的黑影把一棵棵嫩樹都撞倒了，執著的向山上走來。越來越近，人們都能看到那個人衣衫襤褸，破衣一絲一條的垂在身上。

殺手們可沒有耐心等待一個闖入者，毒箭如雨，紛紛而出，那些箭就像撞在銅牆鐵壁上一般墜落在地。

當月光穿透樹林落在一小片空地上時，眾人都看清了那個「人」的面孔——腐爛扭曲的臉，眼珠發著駭人的幽光，長而尖利的獠牙露在外面，隱約可見乾癟的皮膚上生出一層白色絨毛……

「殭……殭屍！」

不知何人低聲驚駭，引得所有人都不停的後退。

這白毛殭屍似乎並不懼怕人類，依然執著的向通往山頂的路前進，但它必須要穿過殺手們的包圍圈才能繼續上山。

所有人隨著殭屍沉重而緩鈍的步伐向後退卻著，領頭男人陰鷙的眸子中閃過一絲煩躁，他沉聲命令道：「阿五，你帶幾個人阻攔住殭屍，剩下的人快點把正事辦了！」

幾道黑影飛速衝了過去圍住殭屍，長劍挽起劍花刺向殭屍。

這具白毛殭屍已有一定修為，雖然還是意識混沌，但已能辨別事物、通曉利弊，尋著養屍地的風水脈要占據這塊寶地。它清楚的感知到這一群人類都不是自己的對手，所以才毫無顧忌的橫衝直撞。長劍刺在它的身上發出金屬般的錚鳴聲，卻不能傷它分毫。

它揚起利爪一把抓住攻擊它的人類，雙手一扯，硬生生把那人類撕成兩半，鮮血、體液、腦漿熱呼呼的濺在其他同夥身上，混合著殭屍身上的惡臭，讓人幾欲昏厥。

這時，被追捕的人趁著殺手們愣神的機會，發動猛攻，企圖突破包圍逃走。殺手頭領不由得大怒，喝道：「快點把他們殺了，結束戰鬥！」

此時雙方都紅了眼，生與死就在這瞬息決定！密林之中只聞刀劍鏗鏘之聲，眼見著被追殺的人一個一個倒下去，只剩那少年。

知道自己必死，那少年倒是冷靜了，他拾起同伴手中染血的長劍，眼中顯出霞霓般的血色，像一隻被逼到絕境的孤狼，發出一聲犀利而憤怒的長嘯，衝向一片刀影之中……死，也要死得有尊嚴！

這時，一道白影突然從空中飛落下來。尖利的長甲穿過直指少年胸膛的劍尖，劍被震成兩截。殺手被長甲穿胸而過，鮮血在白衣上盛開出一朵朵怵目驚心的花。被狂風吹得亂舞的黑色長髮如有生命般拂過少年的面頰，留下淡淡的馨香，回眸那一瞬間，一雙清而不寒、水一般的眸子讓少年不禁驚呆了。

眼見大功告成，竟然衝出個女子擋路，殺手頭領咬牙提劍，二話不說衝上去要取她性命。

誰料那穿著單薄的女子竟然動作出奇的詭譎，似乎可以在黑暗中看清他的動作，連他一手使劍、一手發出的暗器都躲得過，而且力量也大得驚人，憑著雙手就敢抓他淬了毒的長劍。

殺手頭領故意賣個破綻讓她抓劍，心道：這毒只要五步定然要她性命！卻沒想到那女子真的迎了上來，瞬間就把長劍齊柄折斷，還狠狠給他一拳。這一拳好像有千斤的力氣，殺手頭領只覺胸口發悶，眼前無數金星亂竄，喉嚨中湧上一股腥甜，吐了一大口血，登時不能動彈。看來肋骨定然折斷了幾根，他原本只想令此女中毒，絕沒想到她竟然有如此大力。

「你們還不滾？以後不准靠近這座山！」

她舉起手中斷劍猛地一擲，另一個殺手倒在地上，而她竟然一點中毒的跡象都沒有。

「撤……撤退！」殺手頭領咬牙說出兩個字，便昏厥過去。

殺手們忙抬著首領倉皇而逃。

少年剛要開口，只見那女子猛地跳起兩丈多高，撲向那白毛殭屍。少年不由得大驚，殭屍的屍毒若沾了，人必死無疑！

「不要去，那是殭屍！」少年急切的大聲喊道。

白痴人類，她當然知道那是殭屍！寧子薰撇撇嘴，殭屍之間的領土之爭，哪輪得到人類插手？她根本不是為了救這少年，人類的爭鬥關她什麼事？只是因為她嗅到了其他殭屍的氣味，一山不容二虎，一穴更不能容二屍！

古代殭屍是有靈性的死物，它們都垂涎最好的養屍地，發生爭鬥自然避免不了。只有最厲害的殭屍才能占據最好的地盤，所以寧子薰要入鄉隨俗，為了保護她自己的地盤，當然要大打出手。

自從那次和小瑜出府觀盂蘭盆會，遇到被道士控制的屍隊，看著那些被人穿成一串、額頭上貼著黃紙的殭屍，她的心情便說不出的糟！那些沒有意識的行屍走肉才不是她的同類，她意識到在這個世界上她可能只是個孤單的存在……

在佛樂山，她曾遇到過幾個妄圖搶占養屍地的殭屍。因為那幾個都是剛剛「覺醒」的菜鳥，沒什麼危險，她也就沒向小瑜彙報。不過像這種進化體，她是第一次遇見，她還真想跟對方好好較量一下，看看古代殭屍的能力如何。她很清楚眼前的這位還沒進化出智慧，她與對方是無法溝通的，只能透過戰鬥來交流了！

電光石火間，寧子薰的長爪已經到了眼前。白毛殭屍倚仗自己的銅皮鐵骨，並不懼怕，它顯然嗅到了熟悉的氣味，知道這個是它的同類。

寧子薰的長爪在它身上只留下五道白痕，根本沒有傷到分毫，看來古代殭屍透過修煉達到的境地是現代殭屍不可能達到的。

在這個時代，殭屍是萬中出一的，要有相應的時辰、相應的環境和地理才能造就一具古代殭屍。不像末世，殭屍成災，只要被病毒感染就會變成殭屍，這類型的殭屍十分脆弱，通常只要被爆頭就會死。後來殭屍才進化出智慧種類，就是寧子薰這一類的殭屍。

幾下交手，寧子薰不由得冒了冷汗。這個白毛殭屍比她更有力量，而且一身鋼鐵肌肉，簡直就是一輛人形裝甲車！

「快點逃吧，妳打不過它！」身後傳來少年急呼聲。

寧子薰咬牙，躲開一記長爪，回頭喝道：「滾遠點，人類！」

My Zombie Princess

第3章

「香菇」遇到「小黃瓜」

少年愣住了，看著她倔強的抿著脣，不由得緊緊鎖緊劍眉。

寧子薰一隻手猛地襲向白毛殭屍的側肋，白毛殭屍見她露出空檔，又距離如此接近，張開嘴狠狠咬住寧子薰的手臂。

少年捂住嘴……

只見寧子薰不吭一聲，伸出另一隻手，兩根手指狠狠插向白毛殭屍的眼球！長爪刺破眼球直入腦袋，她用力一鉤，把它萎縮的腦子抓碎，白毛殭屍身子一沉，倒在地上一動不動。

寧子薰哼了一聲：笨蛋！光修煉身體有什麼用？也不把眼球武裝一下，臉上肌肉萎縮讓眼球都快掉下來了，這還不是最好的攻擊目標？

少年捂著嘴走過來，輕聲說：「妳……妳被殭屍咬了……」看著她手指上滴下的紅白液體，他有點想吐。

「我有抗體，不會死！」寧子薰毫不在意，開始翻白毛殭屍的屍體。回頭看到少年還呆呆的看著自己，寧子薰凝眉說：「人類，你還不離開？這裡很危險。」

少年驚訝的看著寧子薰，雖然不知什麼是「抗體」，但他堅信這個叫他「人類」的女子一定不是人類！

他深吸一口氣，對寧子薰說：「仙姑，多謝妳救……我一命！可是我找不到回去的路，如果再遇到殺手，還是會沒命的。仙姑救人救到底，乾脆把我送回家吧！」

少年朝她深深作揖。

「香菇？你才是黃瓜咧！」看著一身綠衣的少年，寧子薰瞪了他一眼。

少年訕訕的撓頭，說：「那……應該如何稱呼妳？」

「我叫……」寧子薰眼珠一轉，想到小瑜說過不能隨便相信陌生人，於是擺擺手，不耐煩的說：「香菇就香菇吧！唉，小黃瓜，我很忙的，你自己下山去吧。」

她撕開白毛殭屍腐朽的屍衣，看到它胸前竟然嵌著一枚色澤白裡透著血絲的結晶體。這結晶體閃著一層幽光，她用長爪輕輕一摳，那枚結晶體就被剝下來了，握在手中能感覺到絲絲涼意……

不管這是什麼東西，反正應該有用處！寧子薰把結晶體放在懷中。

再抬頭看到「小黃瓜」還站在那裡，目光中滿是委屈驚恐，再仔細看他那身綠絨獵裝都被樹枝刮破，臉上也有幾道劃痕。一向對於人類的面孔只講辨識度而沒有美醜觀念的寧子薰不由得擰起眉，心想：這小子怎麼長得這麼眼熟？

一雙微微揚起的桃花眼，任性而倔強的脣緊抿著，皎若明月的白皙皮膚和冷冷的表情，讓她恍惚間覺得看到了少年時代的淳安王。想了想，看年紀覺得應該不可能是淳安王的私生子，心下稍安。

少年急切的懇求道：「妳想要什麼，我都可以答應妳，只要妳護送我回家。我……我家很有錢的！」

錢是個好東西，不過對於殭屍來講著實無用，她不需要吃喝，只要有月亮便足夠了。至於衣服……看看人家白毛仁兄，大概幾百年都未換過一件衣服，不也修煉得挺好的嗎！

寧子薰無動於衷，轉身向山上走去。

少年跛著腳緊緊追隨，看來被嚇得不輕，賴上寧子薰了。

寧子薰回頭齜牙威脅道：「再跟著我，就把你吃掉！」

少年一驚，偷偷看她身後，月光把她的影子拉得纖長，不可能是鬼，於是篤定的說：「仙姑是方外高人，定然不喜金銀俗物。我也認得幾位世外高人，如果仙姑想求什麼難得的珍奇寶物和仙方也可以！只要妳把我平安送到京中。」

寧子薰的腳步突然停下，少年差點撞在她的身上。寧子薰轉頭，緩緩開口道：「你認識的人中有道士嗎？可會取出腦中安放的晶片？」

「晶片」是什麼東西少年不知，可此時那些殺手很可能埋伏在山下等他，為了活命，他什麼都得應承下來。於是他說道：「雖然不知仙姑所說何物，但我可以找玉虛道長和雲隱子這兩位當世著名的仙長來問問。呃……不過前提是我得安全回家。」

寧子薰側頭考慮了一下，說：「好，我送你回家！」

「太好了！」少年面露欣喜，眼中蓄滿星辰般的光華。

「你叫什麼名字，家在哪裡？」寧子薰問。

少年咳了一聲，說：「妳就叫我黃瓜好了！我家在京城，今天本來帶著家丁偷偷跑出來狩獵，結果卻被殺手盯上了。」

「我可以送你回去，不過天亮前我要在這裡待著。」她才吸了個半飽，本來今天失血過多就餓，還沒吃飽又和白毛打了一仗，現在更餓了。如果不是在老道的教導下摒棄了鮮物，說不定她就把這小子當點心吃了！

不過，不吃活物倒是真的有好處，她覺得身體比以往更加靈活，而且沒有殭屍的腐敗氣味，肢體活動能力也更接近人類了。

「好，我等妳。」

只要跟這位能力驚人的「香菇」在一起待著就是安全的，小黃瓜深深明白這點，死也不離開半步。

寧子薰把白毛殭屍一手舉起，丟到空曠處，等明天太陽一出來，自然就會形銷骨散。

小黃瓜的腿受了傷，像隻鴨雛般一拐一拐的緊跟著寧子薰。

嫌他走得太慢，寧子薰一把將他抱起來，幾步便回到山頂，再輕輕放下他。嶙峋的山峰還有急流飛濺的瀑布，小黃瓜不禁打量起四周的環境。

寧子薰一回到養屍地，蟄伏在土中的屍蟲便向她靠過來，點點螢光霎時把她包裹其中，小黃瓜不由得驚呆了，早已把她歸到異人的行列中去。

寧子薰卻沒想那麼多，走到瀑布之下，水流把她的褻衣打濕貼在身上，顯露出姣好的形體。小黃瓜倒不似小瑜那般臉紅，他目光灼灼的盯著寧子薰，顯示出小色狼的本質來。

寧子薰不是人類，根本沒有人類女性該有的禮義廉恥，她靜靜的吸收著養屍地的靈力和月光的精華，突然感覺到懷中那枚血色結晶體發出微微的震盪波……這個東西到底是什麼呢？她不由得好奇起來。

小黃瓜心中不由得算計著，既然這個女子如此厲害，如果能說服她為己所用，豈不更好？更何況此女身材一流，比那些扭扭捏捏、裝腔作勢、自以為是淑女的傢伙強上百倍！那些女人總是變著法子來勾引他，只不過她們根本不了解，他討厭矯揉造作之人，他喜歡的是這種不經意間流露出的性感。

內心澎湃的小黃瓜一心想著美色人才兼收並蓄，於是試探性的問道：「仙姑妳一直都住在這裡嗎？」

寧子薰睜開眼睛，懶懶的說：「不是。」

「那妳還有什麼親人或朋友嗎？如果仙姑沒有地方居住，可以跟我回去，我一定好好報答仙姑的救命之恩。」小色狼搖著尾巴騙小紅帽。

寧子薰搖搖頭，說：「我還有任務未完成，不能去其他地方。」

小黃瓜忙說：「那我找到兩位仙長後，怎麼聯繫妳呀？妳不是說要取出什麼晶片嗎？」

寧子薰想了想，說：「我認識字，如果你聯繫到厲害的道士，就寫信給我……」

「寄到哪？」小黃瓜眼中閃光。

「就放在山腳下那棵歪脖松樹下的大石頭底下，我看到了自然會去找你。」

小黃瓜頓時一陣失望，但還是不死心的說：「外面的世界這麼危險，仙姑畢竟也是個女子，不如隨我回去，需要什麼我都可以為仙姑供奉。」

寧子薰瞥了他一眼，淡淡的說：「弱肉強食，活著本身就是一件危險的事，為什麼要逃避？變得強大讓敵人恐懼、讓敵人躺下，這樣自然就不再有危險了。看你的樣子就知道你一直被人保護得太好，不知道如何對付敵人，所以才會把安全看作非常重要的事情。」

小黃瓜微揚的桃花眼中閃著複雜的光芒……她的話看似淺顯，卻又蘊含著深刻的道理。

——是啊，讓自己變得強大，才有機會打倒敵人！

目光中的迷惘被堅定所替代，他緊握住雙拳，說道：「仙姑，今日與妳邂逅一定是上天的安排！為我撥開迷霧，看清自己要走的道路。我不能再一味的逃避。就算我再退讓、再隱忍，也不過落得今天這樣的下場，也許下一次我就不會再這麼幸運的遇到妳了。所以，我要努力變強，無論敵人有多強大，我都會試著扳倒他！哪怕失敗，起碼也不會讓百姓說我是個昏庸無能的皇……人。」

一激動差點把真話說出口，小黃瓜拍了拍胸口，現在還不是時候。如果她知道他不是黃瓜而是皇上，會不會對他另眼相待呢？

寧子薰側頭，皺眉問道：「這麼說你知道你的敵人是誰，也知道那些殺手是誰派來的？」

小黃瓜咬牙道：「還能有誰？自然是我那好叔叔！」

——咦？叔叔……這個稱謂應該是小黃瓜父親的弟弟，有很近的血緣關係呢！

寧子薰問：「你叔叔為什麼要殺你？」

小黃瓜不自然的扭了扭身子，說：「還不是要……奪得我們家的權力和財產！我父親死得早，所以我叔叔一直幫忙打理事務。那個大壞蛋的狼子野心路人皆知，只差殺了我謀奪地位了！」

寧子薰點點頭，說：「人類的爭鬥一直是無窮無盡的，不過你叔叔的確是個大壞蛋！你應該拿起武器保護自己！」

「香菇」是第一個勸他勇敢面對攝政王的人，其他人包括太后都勸他要避其鋒芒，韜光養晦，等成年後一舉奪回皇權。可他怎麼能甘心？他是朱璃氏的子孫，骨子裡流淌著狼一般的野性，手中的權力不要別人施捨，他要親自奪回來！不過，一次次努力又一次次失敗，在強大的淳安王面前，他的確就像個小孩子！

其實從小他就很害怕六叔，記得第一次登上皇位時，六叔就站在他身後。他看著殿下烏壓壓的人群，不由得緊張，小聲叫了一聲「六叔」，很想拉住六叔的手。

結果六叔卻冷冷的道：「叫我攝政王！如果你害怕，現在離開位置還不晚！坐上去就要當心有許多人要取你首級，不光是敵國，說不定還有最親近的人！」

這句話讓他緊緊咬住嘴脣，身板挺直得像一株松苗，一絲不動直到登基慶典結束。這句話也讓他從此以後再沒叫過淳安王一聲「六叔」！

想到這裡小黃瓜不由得輕嘆，問道：「仙姑，我嘗試過努力，可是失敗了，我到底該怎麼辦才能消滅敵人、保護自己？」

寧子薰皺緊眉頭……她是一個戰士，會用戰士的想法解讀世界。她說：「在你還沒有足夠強大以前，一定要積累自己的實力，並好好隱藏。磨礪好你的武器，就像蠍子一般，出其不意的給敵人致命一擊！」

小黃瓜點點頭，他的確是太倉促，就像刺殺攝政王這件事。不應該一時衝動就派人用銀兩收買毒龍教的人。本來江湖人士就不可輕信，失敗的結果更是慘痛，培養了好幾年的心腹都被一網打盡，他很後悔。而這次聽說攝政王秘密去了北疆，本來想趁他出關，親自出城聯繫唯一尚未暴露立場的鎮守鹿威關的徐策將軍，派兵把攝政王的隊伍截在關外，然後擒拿攝政王，結果……卻差點丟了性命。看來這個計畫又走漏了風聲。

他仔細思索，到底是何人出賣了他？他早晚會找到那個叛徒！看來要扳倒大壞蛋攝政王，路途還很遙遠吶！

漆黑的天空漸漸透出一絲灰色，寧子薰從水中走了出來，用手擰乾濕漉漉的頭髮，宛如水中的芙蓉帶著鮮活的氣息，很難把這樣一個擁有純淨微笑的女子和剛剛那場血腥殘忍的殺戮聯繫起來。

她朝他伸出手，小黃瓜斷然拒絕：「我才不讓女人抱呢！」

寧子薰想了想，便把小黃瓜「扛」在肩上，雙腳輕縱向山下跑去。

「喂，把我放下來，我想吐！」小黃瓜被顛得直叫。

亞成體人類男性怎麼都這麼矯情？抱不行，扛也不行！寧子薰想到了小瑜……那傢伙比小黃瓜還麻煩。

她嘆了口氣把他放下。

小黃瓜捂著嘴，青著臉，說：「算了，妳還是用抱的吧！」

貼在她的懷中，他才感覺到她的身體像塊寒冰，透著徹骨的寒意，彷彿沒有一絲溫度。

她在修煉什麼特殊功夫，要把身體浸到寒潭中？這樣貼著一點也沒有軟玉溫香的感覺……揩油的小黃瓜心中不滿的想。

在山下果然遇見埋伏的黑衣殺手，寧子薰帶著他在樹冠間穿梭，飛蝗一般的箭雨在身後緊追不捨。她讓他閉上眼睛，於是他只能聽見白翎箭釘在樹枝上的嗡嗡聲……貼著她柔軟豐盈的胸部，只聽到十分緩慢而綿長的幾下心跳……小黃瓜終於明白修仙之人與凡夫俗子果然不一樣。

幾個大幅度的飛躍，從樹冠直躍過山澗，終於甩掉了追兵。小黃瓜長長的舒了口氣，香菇說得對，他要好好的活下去，早晚把淳安王加給他的屈辱和恐懼十倍奉還！

不到半個時辰，寧子薰已把他帶到城門口了，小黃瓜望著無比高峻的城牆，不由得心悸，就算香菇再厲害也不能徒手爬上這麼高的牆城吧？更何況牆城上還有來回巡視的軍隊。

寧子薰用手指在脣上做了個噤聲的動作，漆黑的夜中只能看到她的眸子閃著幽光，無端讓人產生一絲寒意。

他們身體緊緊貼著城牆，在月光照不見的死角緊貼著牆壁。遠遠的，聽到城牆之上傳來甲冑兵戈的碰撞聲，那是巡守城防的兵士。這時，涼風鑽入小黃瓜的鼻孔，他忍不住張大嘴……突然被手疾眼快的寧子薰死死捂住。

兩人屏住呼吸聽那腳步聲漸行漸遠，寧子薰換了個姿勢揹著他，貼著牆壁悄無聲息的向城上爬去……

此時她的手又伸出尖利的長爪，就像與白毛殭屍搏鬥時一樣。她的指甲插進牆的縫隙中，一步步向高處攀去。她雖然背負著一個人的重量，速度卻絲毫不慢，像隻壁虎般輕快的在牆壁上遊走，須臾間已爬上高高的城牆。

兵士剛剛巡邏過去，此時正好是個空檔。至於下去就簡單得多，寧子薰輕盈一躍，在小黃瓜還沒嚇得尖叫出來時，已經飄然落地了。

她揹著他快速閃躲進一條黝黑的小巷，輕聲問：「你家在何處？我送你回去。」喘了半天，小黃瓜才平靜下來，說：「把我送到大聖壽萬安寺！」

「咦？小黃瓜，你不會是……禿驢吧？看你也有頭髮呀！」

有一次看到幾個沒頭髮的男子，他們一邊走一邊敲著木魚，口中還依依呀呀的唱著什麼，寧子薰好奇的問小瑜，小瑜說他們是「禿驢」，住在寺院裡，所以她知道寺院這個名詞。

小黃瓜想笑又不敢笑，差點憋出內傷，好半天才道：「我……我是藉口在寺裡祈福，才從家裡出來的。」

香菇這才了然，原來有頭髮也可以住寺裡。

大聖壽萬安寺乃是一座皇家寺院，因供奉著旃檀佛像而聞名於世。太祖孝聖皇后尤崇信佛教，此寺就是成祖為紀念母親孝聖皇后而建。

寧子薰抱著他跳下圍牆，突然從四面圍上來一群人。

原來寺院裡住了這麼多有頭髮的和尚！寧子薰看到他們手中寒光閃閃的武器，不由得皺起眉頭。

不過此時小黃瓜卻淡定多了，揚聲說：「武修、席治，不要動手！」

兩個領頭的人自然聽出是主子的聲音，不由得激動萬分：如果天亮前皇上還未回來，他們這戲就演不下去了，到時這一院子的人只怕都得人頭落地。

「皇……」

還沒等武修叫出口，小黃瓜制止了他，低聲說：「這位是救我回來的仙姑，如果不是她，我早就沒命了！」

武修聰慧，聽皇上竟然自稱為「我」而不是「朕」，自然明白他要掩飾身分，於是不再開口，只是目光犀利的打量這個年輕女子。

正當武修心中疑惑之際，寧子薰望了望天空，說：「我走了，別忘記我們的約定。」然後她幾步竄上圍牆，小黃瓜的呼喚聲被她遠遠的甩在身後。

看著她消失，小黃瓜——元皓心中不由得悵然若失。

只見所有侍衛烏壓壓跪了一地，武修的頭深深垂下，自責道：「臣護駕不利，請皇上降罪！臣冒死罪也應該追隨皇上身邊，讓皇上陷入如此險境都是臣等過失！如果皇上出了半點危險，臣就算粉身碎骨亦不足惜。」

元皓抬起頭，發現天空已然發白，那弦彎月已變得慘白無色，失去了黑夜的襯托，它也不再像看上去那般高不可攀……他忽然想起淳安王的面孔。

他深深吸了一口氣，鼓起勇氣開口：「都起來吧，這事件怨不得你們，是朕強要為之。」

「皇上萬歲！」武修伏在冰冷的青石地上，懸著的心終於落了地。

望著這些熟悉的面孔，元皓隱下心中的怒火。是何人出賣了他？他一定會揪出這個內鬼！

驚心動魄的一夜過去了，這個為皇上準備的單獨跨院才平靜下來，武修派人為皇上準備洗澡水。

元皓緩步向禪房中走去，他發現華美的嵌金腰帶上鉤了一片粉紅色的絲織物，她抱他時被金帶的花紋鉤壞而不知，留下如此香豔的一角信物。他下意識把疑似肚兜的絲織物殘片放在鼻下聞了聞，一股淡淡的草木清香。小皇帝的臉不由得飛過一片紅霞……

溫暖的水驅散了一身的疲憊，元皓換上明黃色的袞龍服，臉上的桀驁已換作漠然的神情。

外面傳來陣陣鐘聲和著僧侶們誦經佛歌的聲音綿綿傳到禪堂之內，寺中住持帶著眾僧候在院外，元皓輕聲吐出幾個字：「起駕還宮。」

◎※※※◎※※※◎※※※◎

暮夏已深，梧桐如一把巨大的綠傘撐開在寧泰殿前，把玉階染得光影斑駁，幾個小宮女遠遠望見到皇上鑾駕，都慌忙跪下。雖然她們不敢抬頭看小皇帝那愈加俊美的容顏，可身姿都擺得十分秀美可人，以期聖顏垂顧。

只可惜這位大齊最炙手可熱的單身美少年卻連一絲旁顧都沒有，匆忙走過花叢，只留下淡淡的龍涎香。

來到寧泰殿，元皓放輕了腳步，走入簾幕重重之中，見到半臥羅漢床上的竺太后，跪下行禮，口中道：「兒臣在大聖壽萬安寺為母后祈福回來，願母后身體康健，福壽綿長。」

竺太后揮了揮手，兩邊的心腹女官帶著眾宮女緩步退出。紗影重重，只剩這對母子默默相對。

竺太后冷笑道：「不敢勞皇上祈福，不氣死哀家已是好的了！當年為你爭儲君之位，哀家付出多少心血？你竟毫不珍惜，由著性子拿自己的性命胡鬧！」

看來太后已知曉昨夜的事了！元皓忙把頭叩在地上，哀聲求道：「母后，兒臣知道錯了，兒臣再也不敢胡亂行事了！」

「你沒有對不起哀家，你最對不起的就是你的生母崔容嬪！她為了能讓你登上皇位，不惜犧牲自己的生命，把你託付給哀家。你卻一點也不珍惜為你做出如此巨大犧牲的人，只想著與淳安王鬥法！你背後搞的那些小動作連哀家都瞞不過，更何況淳安王？他捻死你如由捻死一隻螞蟻！」竺太后滿面怒容，胸口起伏著。

元皓藏在袖中的手早已狠狠攥成拳頭，生母崔容嬪，是他心中永遠不能癒合的傷口。每次他違背了竺太后，她都會一次次把已經結痂的傷口撕開。

竺太后看出元皓隱忍的怒意，她嘆了口氣，換了口吻說道：「皇上，你不能再衝動行事了。別再與淳安王對峙下去，你越是表現得碌碌無為，他才會越安心。你只要保住性命便好，一切交給母后，母后會幫你把江山奪過來的！」

元皓順從的跪在竺太后面前，說：「兒臣知錯，以後不會再讓母后擔心了。」

不管怎樣，他只會按著自己的想法走下去……

◎※※※◎※※※◎※※※◎

這時天已經放亮了，斑淚館負責灑掃的小太監剛剛起來，倚著掃帚一臉睏倦，打著哈欠，睡眼矇矓間彷彿看見一道黑影閃過穿廊，忙揉揉眼，再看時卻什麼都沒有。

大概是睡花了眼，他拍拍臉，舞弄起掃帚開始掃地……

小瑜只穿著淡青色褻衣，鴉翎般烏黑的長髮半遮面孔，有點雌雄莫辨的意味。他原本生得極好，眉梢眼色有一股江南水韻的精美。有許多人猜他是南虞人，其實對於四處漂泊的人來講，哪裡都是他鄉。

他皺起俊眉，不悅的說：「怎麼這麼晚？天都快亮了！」

寧子薰努力裝作平靜的樣子，說道：「因為肚子餓，所以就多待了一會兒。」

寧子薰有點心虛，因為從某種角度來講，她背叛了小瑜。如果小黃瓜真的能找到人幫她取出晶片，那她就沒有必要待在王府，從此可以自由自在的生活而不需要聽令於任何人！所以她不敢在小瑜面前表露分毫。

「過來，我幫妳梳頭……」小瑜拿出那只纏著銀絲曾經斷過的木齒梳子。

不一時，外面果然傳來馬公公的聲音：「寧姨娘起了沒？老奴前來通稟一聲，今日王爺就要回府了，到時請寧姨娘到府門前迎接。」

「什麼？這麼快就回來了……」寧子薰一臉抱怨，卻被小瑜捂住了嘴。

「知道了，多謝馬公公。」小瑜狠狠瞪了她一眼。

待馬公公走後，他才冷冷的說：「昨夜我去麟趾殿沒有任何收穫。」

寧子薰斬釘截鐵說：「淳安王那麼狡猾，一定把東西藏在身上了！我倒有個好主意……」

小瑜微微挑眉，揶揄道：「就妳這核桃腦仁能有什麼好辦法？」

「哼，你小看殭屍呀！」寧子薰抱著肩膀說：「咱們捉幾隻跳蚤，等淳安王來斑淚館住時，偷偷放到他身上。然後他就會很癢很癢，就會把衣服脫光，然後……咱們只要偷看就行了！」

「這主意……怎麼這麼耳熟？」小瑜皺著眉頭懷疑的看著寧子薰。

看到寧子薰心虛的低下頭，小瑜突然想起來，吼道：「妳看過《猴王傳》了吧？還厚著臉皮說是妳的主意，分明就是抄猴王大戰金毛吼！妳當淳安王是傻子啊，像他那種人，只怕這輩子都不知道蝨子長啥樣！」

寧子薰翻了個白眼，她怎麼知道這個世界也有《西遊記》啊！

小瑜笑道：「妳知道金毛吼是什麼變的嗎？」

寧子薰搖搖頭，呆呆的眼神與林子外拱食竹筍的小野豬「獼猴桃」越發相似。

「傳說殭屍修煉到最高級別就是金毛吼，要歷經天雷之劫才能修得大道。不過修到這個級別的也就一隻金毛吼，還被觀音菩薩收走當坐騎。至於妳這樣的……能混到長黑毛就已經是燒高香了。」

什麼長黑毛，那不成人猿泰山了？她……她一定要保持不長毛！

寧子薰縮縮肩，驚恐道：「還要被雷劈？太不人道了！我寧可保持現狀。變成金毛吼又怎樣，不還是要當坐騎？難道修煉就是為了要當別人的交通工具？那還不如逍遙自在的活一天算一天呢！」

「呃……」小瑜還真是從來沒想過這個問題。他突然意識到他家小殭其實是個很有想法和主見的殭屍，難得、難得！於是看她的眼神也比往日多了幾分親近。

寧子薰眨眨眼，從未見過小瑜如此和顏悅色，難道有詐？

她身體微微後傾，戒備的說：「你……可別打我的主意，我才不會長毛呢！什麼顏色的毛都不行！」

小瑜眼神一黯，這傢伙什麼時候已不再信任他了？是他在他們之間豎起一道屏障，來隔絕他的心魔……

他伸出手，寧子薰下意識的一躲，以為他又要拿出人偶困住她。

指尖掠過微涼的髮絲，卻覺得如火苗燎過，小瑜斂住心神，皺眉收手。

「時間到了，咱們該走了。」話音落地，他已消失在門外，只留下珠簾還在搖晃，像一痕碧水漾開漣漪。

寧子薰側頭，總結道：人心吶，真是難測，忽冷忽熱！

當丈夫帶著老情人歸來，妻妾們還要站在門口迎接，一般女人心中多半都會吃醋吧？眾人都抱著好奇的心態打量著王妃和侍妾。

不過這兩位卻都挺淡定從容的，尤其是寧姨娘，站著無聊還從袖中掏出個九連環解悶。

馬公公的臉拉得老長，瞪了半天眼，寧姨娘才後知後覺，悻悻的收起九連環。

七王爺饒富興趣的觀察寧子薰，發現寧子薰呆滯的目光雖然望向遠方，不過卻不是看隊伍中最顯眼的淳安王，而是飛過天空的一隻麻雀……再對比僵硬得如雕像般的雲王妃，七王爺不禁露出會心一笑。

淳安王扶著一位明豔絕倫的女子下車，眾人的目光都被她吸引了。與雲王妃的張揚俗豔不同，這位美人舉手投足間都自然流露出一股高貴雍容的氣度，無論誰站在她身旁都會被她襯得黯淡無光，如明珠與頑石之別。

雖然一身貴氣，不過她的笑語言談卻透著北方女子的爽朗明麗。還好旁邊站的是淳安王，一位如盛夏驕陽，一位如三九寒霜，倒也相得益彰。

不過在殭屍寧子薰眼裡，淳安王跟誰站在一處都挺登對的，包括小瑜。當然，如果是「獼猴桃」的話，效果也不錯，灰色和黑色挺配的……

二十一世紀流行辭典中有一詞叫「腐女」，也不知道跟他們殭屍一族有沒有關係，好像就挺喜歡看男人和男人愛來愛去的。

寧子薰不禁在腦海裡幻想淳安王和小瑜「深情」相擁……

正當她意淫之際，突然感覺一道冷光掃向她。一回頭，淳安王正冷冷盯著她，果然……很解暑！寧子薰忙低下頭。

那位大美人笑意晏晏的說：「我離京時，寧家的小丫頭還沒我肩膀高呢，現在已出落得如此漂亮了。」

寧子薰呆呆的看著她，不知說什麼。原來……以前的寧子薰還認識這位美人姐姐啊！

雲王妃臉色不禁更加慘白，血色褪盡，臉上只剩下兩塊紅紅的胭脂，看上去像個假人。

無憂公主和親時，她爹還是個小小四品官，因為有點繪畫才能她得以在慧靜師太門下學習，才與寧子薰結識。那時，京城的貴族圈子是她可望而不可及的。

大美人上前挽住寧子薰的手臂親切的說：「聽說妳失憶了，連蒼舒都不記得，恐怕更不能記得我了。」

「蒼舒？是誰啊？」

寧子薰的話讓周圍的空氣都凝滯了。

蒼舒還能是誰？當然就是淳安王的大名！

淳安王冷冰冰的瞥了她一眼，說道：「本王的名諱只有長輩和阿姐才能叫，其他人沒有資格。」

雲王妃拘謹的上前見禮，無憂公主王嬣禮儀極佳，無可挑剔，不過卻含著淡淡的疏離。

她再回頭，方才看見靜默在人海中的七王爺。

My Zombie Princess

第4章

天上掉下個意中人

王嫣緊走幾步上前拉住七王爺的手，眼中閃著點點淚光，「長大了，睿景真的長成美男子了呢。」

原來她還記著他年幼時的戲言——

「阿姐，睿景長大會變成美男子，阿姐等等我，不要嫁給別人……」

戲言猶在耳邊，時光卻如流矢把他們的記憶劃得千瘡百孔，再禁不起抽絲剝繭的回憶。

七王爺睿景淡然微笑，只說了一句：「阿姐，妳回來了。」

「嗯，我回來了！」她的脣邊展開一絲笑容，滄桑已不知不覺附著在其間。

無憂公主是個傳奇，她是第一個嫁到北狄，擁有皇族血統的公主。十五歲，花一般的年齡，嫁給五十歲的奧魯赤汗。在北狄一住就是十二年，這其中的艱辛如人飲水，冷暖自知。

這樣驕傲的女子是不屑於向任何人訴苦的，也不屑於別人的憐憫。於是，睿景此刻千言萬語都積在心間說不出口，所有的擔憂和無奈只化作一句「妳回來了」。

淳安王卻突然擋在兩人中間，眼中閃過一絲不悅，毫不避嫌的握住王嫣的手，說：「趕了一夜的路，吃點東西再聊。」

這著實逾越了，不用說王嫮少艾新寡，更不用說她還是他的表姐，這樣的行為發生在以冷酷著稱的淳安王身上本來就已是一大奇事，明天必定會成為傳遍京城的大新聞！

原來，月嫵只是代替品，難怪犯了錯誤淳安王也能毫不留情的將她冷藏，而他一直戀慕的人是遠嫁北狄的無憂公主！好一段狗血戀情！這下王妃、側妃、侍妾都成浮雲了！

眾人都伸著脖子期待更狗血的劇情，結果淳安王卻把這段劇情打斷了沒播，直接宣布眾人退散。

宴席設在瑞陽殿，雲王妃整治得倒很豐盛，宴席間卻是各懷心事。

王嫮對淳安王說：「我應該進宮去向皇上、太后請安，畢竟十多年未見，突然從北狄回來……還未知皇上和太后的聖意。」

淳安王垂下星眸，夾了一個酒釀糯米珍珠圓子不留痕跡的放在王嫮碗中，淡然說道：「連夜趕路妳也很疲倦，明日再去見駕不遲。」

說謁見皇上跟到鄰居家串門似的，淳安王此言沒有人敢提異議，畢竟他才是大齊實際上的掌控者。

七王爺默默的把勺中的鹽筍收回自己碗裡，心想：六哥他，竟然不記得阿姐不喜歡酒糟的味道……

王嫣的目光掃過，輕輕頓了一下，轉而投向淳安王，接著，很緩慢的吃起珍珠圓子。

宴席結束，淳安王對王嫣說：「我帶妳去休息的地方。」

王嫣搖搖頭說：「蒼舒現在是攝政王，放下重擔跑到北疆迎我已是不該，我不能再給你添麻煩，還是不住王府吧。」

淳安王抬起頭，看著她，「清源公主府早已沒了，妳要住在哪裡？是我們欠妳的，以後我會安排好妳的一切。」

王嫣垂眸，嘴角含著一縷淒涼的微笑……

這樣的表情讓人心疼，大概是男人都不能抵抗吧！

淳安王一把拉住王嫣，不顧眾人複雜的目光，走出大殿。

寧子薰抓心撓肝的尋思：淳安王所說的是什麼意思？到底是誰欠了誰啊？

所以說人類男性是低等生物，腎上腺素一刺激大腦就會失控。以前在五戰區，他們經常會讓一些面容姣好的女性殭屍偽裝成受傷的人類，用「美屍計」來抓人類士兵詢問情報。看來冰山王也難逃人類的本能，都怪七王爺，情報根本不準確！說什麼冰山喜歡貓咪，他是喜歡看「貓咪」吃鹹魚好不好？人家明明就是喜歡無憂公主這種大美人！

想到這裡寧子薰忍不住咬牙，一回頭，卻看到七王爺怔怔的望著遠處，沒了往日的慵懶輕佻。

淳安王帶著王嫣來到懶雲窩，推開房門，王嫣不禁呆住了。

淚水，順著面頰流了下來……房間裡的裝飾與她十二年前的閨房分毫不差，這些熟悉的東西都是她曾用過的，一瞬間，她彷彿又回到了自己的少女時代，那些天真爛漫的韶華如畫卷緩緩展開……

曾經的一切是那麼美好，而此時的她卻像被打碎的瓷器，就算黏合成原來的形狀，可那些深入肌骨的傷痕卻永遠也不會消失。每當深夜，裹著厚重的毛皮，從穹廬上方凝視寒冷的天空，耳邊傳來的不是絲竹悅耳，而是牛羊馬匹的嘶鳴聲，她身體上那些被打碎的無形傷口都會傳來痛楚，讓她疼得不能呼吸。去國離鄉，嫁給一個比自己父親還老的男人，高貴的芝蘭玉樹被植於寒烈的北方，對於一個她這樣高潔如雲的女子，不啻於陷入泥淖。

十二年，她的青春已埋葬在那片一望無垠的草原，再也不能回來了！

她伸出手撫摸那些早已斑駁褪色的什物，不禁微微顫抖。

一隻修長而有力的手抓住了她的手，身後傳來清冷卻堅定的聲音：「只要阿姐想留在大齊，蒼舒會幫妳安頓好一切，讓妳以後的日子再無憂慮。」

王嫣轉身，秋水般的眸子倒映出那個如北方冰雪般酷烈的男子。她說：「那麼蒼舒能保護阿姐，不再讓阿姐受傷害嗎？」

「只要阿姐未變，蒼舒也不會改變！」

王嫣抬起頭望著他，腮邊旋起笑渦。

——不是人在改變，而是環境在改變人。

◎※※※◎※※※◎※※※◎

第二天王嫮進宮面聖，皇帝對於這個和親遠嫁的公主根本沒什麼印象，真正的為難來自竺太后。竺太后是知道王嫮這個女人十二年前曾給大齊帶來過怎樣的震動，也知道她和淳安王有著怎樣的過往，還知道她這次歸齊也是淳安王一手安排……

淳安王早朝一散便急忙趕到寧泰殿，來向太后請安。雖說叔嫂不通問，但淳安王的理由很充分——詢問國事。因此竺太后也不能不見。

王嫮顯然受了竺太后責備，抬起頭望向淳安王時，眼圈都是通紅的。幾個宮女手捧縞素孝衣，看樣子倒有幾分逼迫的架式。

竺太后見淳安王到來，不由得話中帶諷：「心有靈犀也沒有這樣靈的，無憂公主前腳剛到哀家宮中，淳安王後腳就跟來了。」

淳安王根本不在意竺太后話中的尖刺，目光掃過那幾個宮女，聲音頗為不悅的問道：「這是在做什麼？」

竺太后淡淡的說：「無憂公主新寡，可能不懂規矩，丈夫死了竟然還穿這種豔麗的顏色，實在是逾越，讓外人瞧著還以為無憂公主是個薄情寡義之人呢，丈夫剛死就一點思念之情都沒有，連孝衣都不肯穿呢。當然，無憂公主還年輕，哀家也不忍心看她紅顏寥落，只要守了三年的夫孝，自然可以再嫁的。」

這話不但暗示無憂公主無情無義，更是向淳安王點明，就算有什麼想法，也等到三年之後吧！

淳安王垂著眸子說道：「太后自然都是為阿姐著想，不過阿姐嫁的是北狄，自然不用守大齊的規矩，按著北狄的習俗，阿姐不但不用守孝，還得馬上再嫁給奧魯赤汗的兒子，所以阿姐不用為奧魯赤汗守孝，也不是逾越。」

竺太后聽了不由得微瞇鳳目，笑道：「既然攝政王都開口了，哀家也沒什麼可說的。不過聽說王爺身邊又遣走了一個，堂堂攝政王只有一妃一妾成什麼體統？我這個皇嫂少不得越俎代庖，把我宮裡調教好的幾個女子送去伺候王爺，雖然不敢說是絕代佳人，但起碼都懂規矩，知廉恥。」

她說道「知廉恥」時還掃了一眼王嫣。

淳安王俊美的容顏像罩了一層寒冰，不過他依然跪下說道：「多謝太后賞賜！」

他心中明白這是太后對他把王嫮留在府上的不滿，所以作為交換條件，他必須接納四個吃白飯的。

見過太后，淳安王就和王嫮一起帶著四個新收的美女打道回淳安王府。

◎※※※◎※※※◎※※※◎

寧子薰還不知道自己突然又多了四個「妹妹」，她很抗拒淳安王一回府就跟搞軍事演習般全府出動。

時間長了，她又學會一種新的九連環玩法——把手藏在袖子裡靠摸索解九連環。這樣馬公公的臉也不至於變得更長，等候淳安王歸府的時候也不至於無聊得數地上的螞蟻。

當然，這回淳安王讓那四個美女的車轎從後門進，定性為侍婢，比寧子薰還低一等。

這四個美女因仗著太后所賜，雖然只是侍婢，也敢公然叫寧子薰「姐姐」。

於是寧子薰驚訝了，「妹妹？難道妳們也姓寧？」

四美的臉色都很精采，後來才知道寧姨娘腦袋有問題，以後見她連稱呼一聲「姐姐」都省了，全心全意都用在圍追堵截淳安王，倒也算忠誠的執行太后的懿旨。

而最頭疼的則是雲王妃，真是猛虎未驅又來群狼！難怪淳安王從不讓其他人進懶雲窩，原來那根本就是他自備的「金屋」，這回可以公然「藏嬌」了！眼睜睜看著王嫮住進了淳安王府，她也只有打落牙齒和血吞！

見王嫮與淳安王關係匪淺，底下人難免私下議論，覺得雲王妃和剛「受寵」的寧姨娘地位不保。她聽了難免生些暗氣，這一氣，竟然病倒了……真是雪上加霜。

寧子薰每次去請安，看著她那病懨懨的小黃臉，就覺得雲初晴這個倒楣孩子根本是為了找虐才嫁給淳安王的！淳安王又不是橄欖球，搶來搶去的有意思嗎？

從宮中回來，淳安王在麟趾殿批閱堆積成小山狀的奏摺直到天黑。馬公公在一旁伺候，瞇著細長的小眼睛故意問道：「王爺，今晚是否回斑淚館安歇？老奴好去準備。」

淳安王頓了一下，眼中閃過一絲複雜的情思，說道：「奏摺未批完，這幾天都要留宿麟趾殿。」

「王爺……」馬公公皺起眉頭。

淳安王頭都不抬，冷冷的說：「不要跟本王說無憂公主的事，本王決定的事不會更改！」

馬公公狡黠的眨眨眼睛，說：「老奴只想說……不管怎樣，寧姨娘雖然腦子有點問題，可卻比無憂公主好控制得多。王爺雖然在政事上經驗豐富，可男女之事就差遠了，到現在還不是個處……」

「馬長安！」

「男」字沒說出來，被淳安王一聲大喝打斷了。那冷峻的面孔飄過一縷可疑的紅雲。每當淳安王指名道姓的叫他，就是忍耐他吐槽到了極點之時。

馬公公忙擺手道：「好啦好啦，老奴不說了。不過有個條件，王爺一定要答應老奴！」

「說！」淳安王擱下筆，臉色十分不悅。

「無憂公主剛從北狄回來，萬一懷了孩子可就是大醜聞了。若干年後，野史還不知如何杜撰淳安攝政王呢，說不定會誣陷無憂公主生的孩子是北狄野種！哎呀，真是給王爺戴了一頂莫須有的綠帽子……真是想想都可怕！老奴還怎麼對得起九泉之下的李娘娘？所以王爺再怎麼想也得忍一忍，到明年再說！」

毒舌也就算了，還是唐僧型的，誰受得了？

淳安王的臉意料之中變成了鍋底色，從牙縫裡擠出幾個字：「今晚擺駕……斑淚館！」

「王爺聖明！」馬公公瞇著小眼睛，一抖拂塵，躬身而退。

馬公公來傳，說王爺晚上留宿斑淚館，寧子薰十分不高興……睡地板、餓肚皮的日子又回來了！

馬公公看著她，不由得揪著眉說：「寧姨娘妳也不用擺出這麼絕望的表情吧？好像要上法場似的！」

「哦。」寧子薰擠出一絲比哭還難看的笑。

小瑜狠狠踩了她一腳，她才想起任務比睡覺重要多了！

淳安王來到斑淚館已是深夜，寧子薰很積極的接過淳安王的披風，說：「王爺沐浴吧，我叫人準備。」

淳安王轉過身狐疑的看了她一眼，說：「不必，本王已經沐浴過了。」

「呃……再洗一次吧，洗洗更健康！」寧子薰不死心的說。

淳安王眯起眼睛看著她，「妳不會是想趁本王洗澡時……」

——唔……不會吧，這麼容易就被發現了？

寧子薰退後好幾步，驚恐的看著他。

「妳這麼傻，根本不會想到這個主意，一定是有人教妳！」淳安王冷哼一聲，抱著肩膀。

——這也看出來了？完了，小瑜也在劫難逃！要不，先下手為強，乾脆宰了淳安王……

寧子薰握緊了拳頭。

只聽見淳安王哼了一聲，說：「是馬長安的主意吧！鴛鴦戲水之類的色誘難道本王就會上當嗎？馬長安真是……越來越過分！」

寧子薰側頭。她沒聽懂，鴛鴦戲水是什麼東東？

這時，淳安王很順手的把寧子薰的枕頭和被子丟下床，然後放下床帳……

夜，漸漸的深了。寧子薰像隻貓一般蟄伏在黑暗中，她在等待，等待淳安王睡熟，然後搜他身上找兵符。她支著耳朵聽著，淳安王的呼吸越來越平穩，她悄悄摸到床邊，伸出爪剛要掀開紗帳……突然外面傳來細微的腳步聲，寧子薰嚇得忙逃回去裝睡。

這時，外面傳來小太監輕聲輕氣的稟報聲：「王爺，無憂公主她……得了急病！」

淳安王聽到忙起身披上衣服，寧子薰也要起來，卻被淳安王止住：「妳不必跟著！」

懶雲窩此時燈火通明，七王爺早已趕到，正為王嫣診視。只見王嫣皮膚泛紅，身上起了好些疹子，呼吸也十分困難。

淳安王不禁皺緊眉頭，問：「阿姐到底怎麼了？」

七王爺沉下眸子，表情十分嚴肅，說：「阿姐她……哮喘病犯了。」

「怎麼會這樣？」淳安王輕輕走到床邊，很自然的握住王嫣的手腕，感覺到她身體滾燙。

王嫣掙扎著要起身，卻被淳安王按下。

七王爺垂下眼眸說：「是吃了什麼或接觸到什麼易過敏的東西。」

淳安王面色沉鬱，問道：「是不是在宮中……」

王嫣咳了幾聲，說道：「太后賞了幾塊小點心，我不知道是螃蟹餡的。等吃到嘴裡才發現，又不能吐掉，所以……」看著淳安王和七王爺面色不善，她焦急的說：「都怪我事先沒跟太后說我吃螃蟹會過敏，都是我自己的錯，千萬不要為我把事情鬧大了！」

就算太后是故意而為，也不能因此去辯理，為了這種事去質問太后，只會讓王嫣更加被人討厭和議論。

淳安王握住她的手，說：「阿姐，都怪我，沒能好好保護妳。以後沒我准許，宮中傳妳一律可以無視，我會幫妳擋駕的。」

「蒼舒，應該是我道歉，給你添了這麼多麻煩。我不應該回來的……」淚水沾濕長長的睫毛，若梨花帶雨，在燈光下越發顯得楚楚可憐。

「不要哭，睡吧。我看著妳睡著再走。」淳安王握著她的手，坐在床邊。

昏暗的燈光把他們籠罩其中，淳安王緊緊握著王嫣的手，彷彿整個世界只剩下他們兩個，其他人都是多餘的……不得不承認俊美的淳安王和國色天香的王嫣的確很相配。

看著這樣融洽的畫面，七王爺轉過身，輕聲說：「你陪著阿姐，我回去了，一會兒藥煎好了我派人送來。」

淳安王點點頭，著人送七王爺回杏花天。

◎※※※◎※※※◎※※※◎

第二天，全府上下就都知道了。無論是雲王妃還是四美，都不由得一陣心寒，看來她們的命運就是慘敗啊！還沒比呢，就被ＫＯ了。

一向冷血無情的淳安王，為一個女子守候一夜，這是本年度最大冷門新聞，王府很多人已經在私下裡賭淳安王什麼時候立王嫣為妃了。

淳安王在懶雲窩陪了王嫣一夜，第二天直接上早朝，然後每晚都會去王嫣那裡坐一會兒，再回麟趾殿處理政事……從那之後，他就再未到過斑淚館。

人類都是現實的動物，趨炎附勢這種事不光是宮廷中才有。眼看著王嫣成為大熱門，寧子薰這邊也終於安靜下來，斑淚館恢復了久違的安寧，不過任務又暫時擱淺了。

在七王爺的精心調理下，王婷的病情好得很快，不久便痊癒了。

服過最後一副湯藥，七王爺替她把脈，見脈象平和，便不再開藥給她了。

王婷看著七王爺，笑道：「真難把當初那個瘦弱的豆芽菜和現在的大齊第一神醫聯繫起來，睿景，你變得讓阿姐都不認識了！」

曾記年少之時，鮮衣怒馬，花錦盈袖，那時的她還是萬千寵愛集一身的公主，走到哪裡都是眾星捧月。而且隨著年紀漸長，許多王公貴冑家的少年都對她趨之若鶩，包括少年時的淳安王。

不過，那時的蒼舒就是個冷漠的孩子，如果不是出了那件事，她還真看不出他原來也喜歡自己。

而睿景總是隱藏在最不顯眼的地方，當其他皇子為在父皇面前爭寵都各顯身手時，只有他，像隻小羊靜靜的躲藏在暗處。因為那高高在上的皇位與他沒有絲毫關係，他總是坐在小木輪車上孤獨的看書，或者瞪著清澈的眸子望著那些戴著面具演戲的人……

不知成祖是刻意忽略，還是真的忘記自己有這麼個殘疾兒子，幾乎從不提起他，行動不便的睿景也很少參加隆重的場合。

最開始，她只不過是抱著好奇心和少女的憐憫接近睿景，因為在朱璃氏一群狼一般的少年中，他小羊般的孱弱讓她格外關注。

她帶宮外的皮影戲小人偶給他，還有冰糖葫蘆，看他那雙清澈如水的大眼睛含著羞澀的笑意向她道謝，她也只是毫不在意的揮揮手中的馬鞭，轉身跑去跟其他皇族子弟賽馬。後來她發現這個小傢伙像隻揹著沉重殼子的蝸牛，總是吃力卻堅定的跟著她的足跡，哪怕被其他皇族子弟嘲笑，卻依然堅持出現在她常常會去的馬場、蹴鞠場還有書房。

那時的她並不在意又多了一個仰慕者，因為她從來都是眾人捧著的寶貝公主。

不過，睿景討好她的方式卻和其他少年不同，不像宜王的兒子，知道她喜歡賽馬，便親自訓了馬，在她生辰宴會上帶著舞馬銜杯祝賀芳誕；也不像二皇子朱璃禹光，大手筆為她舉辦賽馬大會，把皇上賜他的西域名馬送給她……

就像一個品遍珍饈美饌的人，她被寵得口味刁鑽，一般的人又怎能入目？而這隻狼群裡孱弱的小羊，能給她的只是最最平凡的東西……

他送過她親自配的草藥，說騎馬時萬一受傷，塗抹它可以馬上止血消腫；他送過她兔毛護膝，說女孩子要保護好自己的膝蓋。這些零碎的小東西被她丟在妝奩內，和它們的主人一樣被很快忘在腦後。

她依然每天參加著各種活動，並永遠是皇族圈內最受寵愛的公主。她的父母也知道成祖皇帝很喜歡這個外甥女，有意親上加親。當然，她要嫁的那個自然是未來的皇帝。

於是，她在大表哥和二表哥之間苦惱著，不知誰才是她和大齊的真命天子。

然而，萬事不可太過奢求，往往希望越大，失望也就更大，她的命運完全向著相反的方向滾動。當她的父母被關入天牢時、當她只帶著十分稀薄的嫁妝遠嫁北狄時，那些所謂的追求者都煙消雲散，不見蹤影。只有睿景送來的、那些她曾經以為最沒有用處的東西……就是那些平凡卻又實在的東西，在北狄陪伴她度過一個個寒冷難熬的日子。

不過，當時睿景只是派人把東西送來，沒有親自來送她，她還曾好一陣難過，畢竟在她心中，睿景與其他人是不同的……

往事如塵，禁不起一絲波動，那讓人揪心的塵埃窒息著她的咽喉。

她覺得自己被哽住了，於是深深吸了一口氣，說道：「睿景，咱們去花園走走可好？」

「好！」他永遠是那樣暖暖的微笑著看她，像一隻手捂住她冰冷的心。

王嫣讓侍女退去，親自推著睿景走向花園，此時正值秋日，纏在假山石上的蘿藤經了秋雨都變成紅豔豔的，十分醒目。

她終究還是不甘心，開口道：「我還留著睿景送的白兔毛護膝，北狄冬季寒冷，一直在用，真的很暖和。」

睿景忽然轉過身握住她的手，眼中卻蓄滿了淚水：「阿姐，妳受苦了。」

「苦與不苦，都是命……不過我遠嫁的那天，還以為睿景會來見我最後一面……」王嫣覺得自己的口吻像個怨婦，她有什麼理由指責身有殘疾的睿景不來送她？在他面前，似乎自己又變成那個驕縱的小女孩，她知道，自己無賴倚仗的就是睿景對自己的那份心思。

睿景的眼中滿是驚愕，好半天才說：「原來妳一直不知道，大概我寫的信並沒有傳到妳手中。聽說北狄汗王選妳和親，所以我鼓起平生最大的勇氣到父皇面前求婚……當然，結果是父皇大發雷霆……如果沒有六哥，我早就沒命活到現在了。然後我一直被監禁著，直到幾年後父皇駕崩才被放了出來。」

王嫣呆住了，眼淚如斷了線的珠子止不住的流了下來。她伸出手摟住睿景的肩膀，伏在他背上說：「傻瓜！和親的事已經定了，那是不可能更改的，你這麼做只會害了自己！如果真出了什麼事，我會自責一輩子的！」

「我知道那是不可能的，可是我也想在父皇面前表露一回自己的心聲，讓他知道我不是廢物，我也有自己的想法和追求。這是我和父皇之間在嘔氣，與妳無關……阿姐，妳沒有必要自責！」他輕輕的拍著她的背，依然溫柔微笑著。

睿景……他從來都是這樣，一直默默的承受一切，從不願成為別人的負擔，用他陽光般的笑容溫暖著其他人。

這時，遠處一抹玄色在陽光下閃著寒光向他們走來。王嫣下意識的鬆開手，把淚水擦乾。

「阿姐，原來妳在這裡。」淳安王解下披風裹住她，低聲說：「身子才剛剛好，不要受了風寒。」

一瞬間，她的身上就被淳安王的氣息覆蓋。就像凶猛的野獸喜歡用自己的氣味標注領地，淳安王表現得尤為明顯。

王嫮看了一眼睿景，又看了一眼蒼舒，縮在披風下的手緊緊握住，讓自己不再動搖。

她抬起頭已換作明媚的微笑，對淳安王說：「沒有蒼舒在身邊，所以很無聊，才想要出來散散心……」

她看到一身白衣的睿景明顯顫抖了一下，雖然看著他們在笑，可是那笑容卻空洞得讓人心疼。

世界上最痛苦的事情不是你愛她，她不知道；而是明明知道自己的愛沒有結果，卻依然執著……

睿景看著那兩個如此相配的人，只剩下一縷淡笑。

他明白，比起他來，六哥才更能讓她幸福！

「你們聊，我要回杏花天配藥了。」他推著木輪車轉身要逃離。

「等一下。」淳安王叫住他，說道：「我記得阿姐最喜歡菊花，過幾天咱們去京郊賞菊吧。」

「京郊？」王嫣好奇看著淳安王。菊花還是經過培育的才華美，那些山生野菊有什麼可觀的？她早就受夠了一片空曠的荒野，這十多年她眼中都是茫茫草原。她是靠著回想記憶中的奢華才堅持到現在的！

淳安王嘴角勾起一縷笑意，說：「前一陣子，我命人在京中搜羅菊花名品，又買下京城西郊的鐵鏡山莊培植菊花。鐵鏡山莊原本就是一位隱士的故居，遍地種滿菊花。現在金秋將至，整個山莊都開滿了菊花，所以才邀阿姐和睿景前去遊玩。」

王嫣不禁驚訝的捂住嘴……整個山莊的花海，單是幻想都要忍不住雀躍了！

看著王嫣高興的樣子，睿景微微垂下眼眸，說：「我……就不去了，上山也不方便。」

「七王爺不必擔心，上山可以坐竹轎的。」神出鬼沒的馬公公不知何時已來到近處，拉長著臉陰森森的插了一句。

睿景看了一眼六哥，淳安王的表情有點無奈。

馬公公繼續毒舌吐槽：「雖然是『姐弟』，可王爺也要避嫌嘛，不能只帶無憂公主去。

再說王妃病了，王爺您就只去探視過一次，這一陣子都是七王爺天天去瞧。還有，寧姨娘天天窩在斑淚館，太后賞賜的侍婢也十天半個月才能見上王爺一面，大家都很無聊，要去郊遊當然應該大家一起去，獨樂不如眾樂，是吧王爺？」

「馬公公看著安排吧！」淳安王一揮袖子轉身而去。

睿景看著馬公公不由得搖搖頭……這麼多年了，連馬公公也改不了六哥的臭脾氣。他可是看著六哥長大的，所以也就他的話六哥還能聽上幾分，難怪六哥的母妃會在仙逝前把馬公公調到六哥身邊。

◎※※※◎※※※◎※※※◎

日子很快就敲定了，王府的眾女眷們聽說要去郊遊都無比歡愉。太后賞賜的「四美」私下裡都盤算著如何吸引淳安王，無憂公主雖然傾國傾城，可畢竟只是個殘花敗柳，再說韶華易逝，她們這些青春無敵的美少女可不會向一個「老女人」投降！

王府的車隊被禁軍護衛出城，一路逶迤來到京西，郊外山明水秀空氣新鮮，車隊從翠綠的原野行進到深山中，一路上鳥鳴青山，空谷幽靜。王府女眷們的心情格外的好，都掀起轎簾向外張望。

翻過兩道山坡，眼前的景色更加迷人，秋意盡染的紅楓林中有一條石階直通上山，兩邊巨石藤蘿，微風襲來綠波滾滾，煞是清涼宜人。

這裡馬車上不去，眾人換乘竹轎，上了半山，只見高懸的匾額上刻著四個蒼勁有力的大字「鐵鏡山莊」。進入敞開的黑漆門，繞過貼金團福的影壁牆，便可望見山莊內的雅致美景，四處開滿了奼紫嫣紅的菊花。

寧子薰無聊的東看西摸，仿造自然的人工景觀是古代人類的喜好，雖然無限貼近，可終究難逃「雕琢」二字！而且把菊花透過雜交培育成那麼詭異的形狀，根本不符合自然進化的規律，這種菊花得費多少時間來照顧啊？又怕風吹又怕雨淋，最重要的是根本沒有「野性」好嗎！

比起來，她還是對後院那一大片野生菊花更有愛，它們是無比強大的生物，可以生存在任何惡劣的環境，山崖、峭壁、石縫，只要有一點點土壤和雨水就可以生存，無論多大的風雨它都能頑強的活下去，生生不息……這才是生命的本質。

不過看起來王嫣倒是真心喜歡，那些奇怪的菊花名目都能說得很清楚，什麼金絲黃、粉妝檯、霸王舉鼎、玉郎仙籍……她的眼中含著喜悅的光，靜靜的看著淳安王。

淳安王一身墨衣繡著盤金蟒紋，站在金燦燦的菊花叢中更顯冷峻無儔，眾人的視線都被他吸引過去。當然，對美色免疫的殭屍不在其列。

淳安王道：「鐵鏡山莊不光種植了許多名貴的菊花，在後山還有一處溫泉泉眼，本王買下山莊時便命人修建了數個溫泉池，晚一點大家可以去泡泡溫泉，放鬆一下筋骨。」

女眷們一聽還有溫泉都喜不自禁……

My Zombie Princess

第5章
溫泉池暖有姦情

寧子薰回過頭，發現不遠處七王爺正默默垂目手撫菊葉，表情淡然安靜，那種淡然卻蘊含著一股心如止水般的寧靜，彷彿看破了一切，淡得都快成透明狀了。

「七王爺，我們去看野菊花吧！」

寧子薰雖然看不懂他的表情，卻能感覺到他的情緒十分低落，於是才不管他同不同意，推起木輪車就向後山而去。

王嫪看到淳安王看了一眼他們遠去的背影，沒有任何表示，不過眉梢卻很隱秘的挑了一下；四美卻根本沒注意到，只是纏著淳安王問東問西，以在他面前展示自己精心打扮的姣好面容；而雲初晴只是用陰惻惻的目光盯著她。

王嫪根本不在意，展開無懈可擊的迷人笑容，手中掐斷一株紅粉佳人戴在頭上，成功的把淳安王的視線又引了回來。

鐵鏡山莊內引活水為池，山石嶙峋、林木繁茂，打造得十分有意境。

寧子薰推著木輪車跑得飛快，來到後山，這一大片嬌嫩黃色的花海讓她喜不自禁。

「我覺得這樣生機勃勃的花，比那些奇形怪狀的花好看多了！」寧子薰舒服的坐在綠草中，身後那一叢叢小黃花在風中搖曳著。她略顯呆板的面孔在那片金黃色的花海中也顯得格外生動。

如果說王嫣是精緻如絲錦般的女子，那眼前這個散發著勃勃生機的天然呆就像一匹土布，結實厚重，雖然難看，但穿起來卻舒服耐用。她沒有情感糾結，也沒有欲望，活得那樣灑脫，看著她就覺得自由放鬆，如果可能……

七王爺閉上眼睛，他沒有可能！因為那道華美的絲錦已纏繞在他心中，成為他一生的「心結」。他注定就是如此……與自由無緣！

「你在想什麼？」寧子薰瞪著呆呆的金魚眼說。

七王爺不置可否，只是淡淡的微笑著說：「妳說得對，野菊雖然不起眼，卻可入藥。清熱解毒，疏風平肝。可治疔瘡、癰疽、皮炎、風熱、咽喉腫痛……」

寧子薰狐疑的盯著他，說：「七王爺你好無聊，怎麼一提起植物你就背醫書啊？我發現你最近的笑容變得好僵硬，難道是……」

七王爺心中一緊，心事被人看穿總是尷尬，更何況那個女人還是六哥心愛的人！

只聽寧子薰說：「難道你是……面癱前兆？」

「咳……」七王爺舉目望天，不想跟她繼續談下去了！

「我知道，這種表情叫『心事重重』！小瑜有的時候也會這樣不想理我！」寧子薰很聰明的聯想到了。

「笨蛋，妳知道什麼啊！」七王爺嘆了口氣，伸出手揉她的頭，手法跟揉阿喵一樣。

她一把抓住七王爺的手。今天的髮型很難梳理，她坐了快半個時辰才弄好，重新弄很麻煩的！

「這野菊比本王辛苦搜羅的名品還好看嗎？」冷冷的聲音打斷了他們。

寧子薰一回頭，看到淳安王的面色不是十分友善。不光是淳安王，連他身後的那幾個女人臉上都掛著惡意的笑容。

寧子薰嘟著嘴，腹誹道：淳安王真是小心眼，我又沒說雜交品種不好看……

殭屍的想法果然還是太大條，她根本沒發現其實事情的重點是——她為何會跟七王爺單獨在一起，而且還一直抓著七王爺的手！

「也許是寧姨娘喜歡幽靜的環境吧。」四美之一，穿著紅裙的說。

什麼幽靜啊，其實她在強調「幽會」！

「王爺，咱們打擾了寧姨娘的雅興。」四美之二，穿著紫衣的說。

她是在暗示……淳安王有變綠的可能？

淳安王居然沒阻止四美，還頗有縱容的意味，輕輕掃過的目光令四美跟注射了興奮劑一樣嗷嗷亢奮。

「我和寧姨娘在討論菊花入藥的事情。」七王爺解釋道。

不過在淳安王那陰冷目光的注視下，他也發現了問題所在。他連忙抽手，結果……抽不動。七王爺只得委婉提醒寧子薰：「妳的手……」

寧子薰這才後知後覺的把手收回來……婦德對殭屍來講都是浮雲吶！

淳安王瞇著眼睛說：「朝飲木蘭之墜露兮，夕餐秋菊之落英。菊花不但可以入藥，還可以入肴。每日都是現成的菜式也無聊，不如今日就自給自足，用這山莊內可以找到的東西配著菊花做菜，如果誰做得好，本王重重有賞。如果做得不好……」淳安王的目光望向寧子薰，然後很陰森的說：「當然就要受懲罰！」

七王爺扶額，心想：寧姨娘，妳臉上分明就寫了「我可不會做菜」！天然呆什麼的，果然最好欺負，什麼事都寫在臉上！

四美聽了自然高興，在宮中的訓練可不光只是琴棋書畫，還有廚藝烹飪，看寧子薰心虛的蔫雞樣，就知道她肯定不行！

「那七王爺參加嗎？我跟他一組。」寧子薰不死心的問。

七王爺翻了個白眼，扶著木輪車默默拉開與她的距離……他承認，寧子薰成功了！六哥臉色的確又黑了不少。

「君子遠庖廚，做菜是女人的事！妳們五個，限一個時辰內，在山莊找到食材並做出菊花宴！」淳安王一揮袖子。

君子遠庖廚，小人常做飯！寧子薰看一眼站在後面的雲王妃和王嫣，不由得更加幽怨。

四美趁機向淳安王提要求，紫衣說要魚竿釣魚，紅裙說要抄網捉蝦，綠襖說要採蘑菇和筍芽，藍裾說要用穀倉裡的麵粉做餅……淳安王一一點頭，四美轉眼便消失不見，都去忙著準備。

寧子薰瞪著金魚眼傻呆呆的杵在原地，這時淳安王的表情才變得舒暢不少。

七王爺咳了一下，低聲說：「山上也許有野味，再不去找就沒時間準備了……」

寧子薰這才如夢方醒，急忙奔向山林深處。

淳安王輕輕瞥了他一眼，「不許作弊！」

「六哥也變得小氣了！」七王爺笑得淡然。

淳安王黑臉，「一看到那個蠢蛋，本王就心情不好！」

王嫮卻突然皺緊了眉頭。蒼舒向來是極冷漠的，何曾見他對什麼人、什麼事動過怒意？他總是像一匹孤狼，站在山巔俯視獵物，然後潛行其側，猛然襲擊。他不會表露出任何情感，冷靜自持是成祖對他的評價……從他六歲那年，她就再未見他笑過。這樣的人怎麼會非要和一個微不足道的女人過不去？

欺負喜歡的人，這種幼稚的行為可能發生在蒼舒身上嗎？他可是聞名大齊的冷血攝政王啊……她不由得凝眉望向他。

◎※※※◎※※※◎※※※◎

寧子薰提著礙事的裙襬向山上爬去，這個山莊的好處就是沒有圍牆，山林把整個山莊包裹其中。她閉目凝神，聆聽著林中細微的聲音，每一個毛孔都張開著，她希望有什麼野獸正好路過被她逮到。

正全神貫注之際，突然一聲女子淒厲的尖叫聲貫穿耳膜，差點震聾聽力敏銳的寧子薰。她揉了揉耳朵，朝尖叫聲的方向衝過去，在一棵大柏樹下看到聲稱去採蘑菇的小綠襖正趴在地上，面色如紙，旁邊的籃子散落著幾朵野山菇，她見到寧子薰不由得大叫：「蛇……我被蛇咬了！」

寧子薰當然看到了，一條金環蛇正盤在石上吐著信子。她行動如疾風，一下掐住那條金環蛇的七寸，輕輕一捏……小蛇就脫節了，當然還沒死。她把巨毒的金環蛇掛在脖子上，像一條圍巾。這種水準的毒液對殭屍根本沒作用，不過人類就……

小綠襖生怕她會裝作沒看見走掉，急得眼淚都出來了，「寧姨娘，求求妳救我！好人有好報，菩薩一定保佑妳福壽綿長！求妳不要計較我平日的無禮……」

「閉嘴，不要說話浪費力氣，我揹妳下山！」她上前揹起小綠襖飛一般的衝到山下。

淳安王、七王爺、雲王妃和王嫣正坐在涼亭裡飲菊花茶聊天，看到這情景都嚇了一跳。

「七王爺，她被蛇咬了！」寧子薰把小綠襖輕輕放在石椅上。

七王爺不禁皺眉，忙叫馬公公：「快叫人騎馬回京中取蛇藥！」

馬公公連忙吩咐侍衛們快馬加鞭回去取藥，這邊七王爺用絲帕勒住她的小腿，只見腿部腫脹，兩個血洞顏色黑紫。他用刀把傷口劃開十字口，把裡面的膿血放出來，又用淡鹽水一遍遍清洗……

好在鐵鏡山莊離京城也不算遠，不到一個時辰，蛇藥就取了回來。讓綠襖姑娘內服外敷，不一時她的臉色就恢復了，這時大家才鬆了口氣。

綠襖姑娘紅著眼圈說：「都怪奴婢不小心，被蛇咬了，掃了王爺和諸位的雅興……」

「別說這些了，妳且好生養著吧！」淳安王命人抬著她回精舍休息。

寧子薰鬆了一口氣，看來比賽這關終於逃過去了……剛一抬頭，正好撞見淳安王冷冷的目光。

他說：「寧姨娘，別人的食材都找到了，妳的呢？」

「呃……」寧子薰慌了，摸了半天，突然摸到脖子上的金環蛇，忙拎起來道：「這……是我的食材……」聲音小的像蚊子，典型的沒底氣。

淳安王瞇起眼睛剛要教訓寧子薰，王嫣卻擋在淳安王面前，微笑道：「寧姨娘說的也沒錯，蛇肉鮮美細嫩，又補氣補血、祛風除疾。比賽其次，不過菊花宴還是要辦的！我來幫寧姨娘做這道菊花蛇羹！」

說完，她親熱的挽著呆頭呆腦的寧子薰的手臂去做蛇羹了。

雲王妃看到淳安王和七王爺的目光都黏在王嫣身上，不由得咬牙，她也挽起袖子道：「那臣妾也去幫忙。」

沒過多久，菊花宴就準備好了，王嫣用金環蛇配以花菇、烏雞、木耳、薑絲、芫茜、馬蹄、菊花等材料，煮成了一道鮮美滋補的菊花蛇羹。

紫衣做的是菊花炸鯪魚球，把鯪魚的肉剁碎，加上生粉和臘肉，還有蒜茸、陳皮、菊花、調味料等攪拌好，然後擠成球入滾油中炸成金黃色，放在鋪滿粉紅菊花瓣的盤中，看上去讓人頗有食欲之感。

藍裾用菊花瓣和菊花糖和著米粉做成麵餅，然後再用火腿、冬菇、豬肉加調味料和成餡，用慢火烙成薄餅。

而紅裙做的則是用新鮮青河蝦爆炒菊花，因此取名：河蝦爆菊花！

「爆菊花……」寧子薰眨眨眼，怎麼聽上去有點耳熟？

雲王妃也用釣上來的魚做了個魚片菊花火鍋。

總之，所有女性都洗手做羹湯，做出色香味美的菜式，除了寧子薰。

馬公公也命人呈上新釀好的菊花酒，在酒中加了冰糖、地黃、當歸、枸杞，香味醇烈甘甜。淳安王飲了一口，不由點頭稱好。

他舉杯道：「今日高興，不如咱們行酒令。」說著便叫馬公公拿來「酒胡子」。

此言一出，立即得到眾女眷的回應，因為淳安王一向冷漠，這還是她們第一次和淳安王共坐一席飲酒，更何況是行酒令了。

寧子薰茫然的看著這群古代人，根本不知道他們在說什麼。她嘆了口氣……因為馬公公說，為了減少護衛的壓力，來鐵鏡山莊只有五輛馬車，所以侍女們一律不帶。小瑜沒來根本沒人能幫她，今天真是個難熬的日子！

馬公公把酒胡子放在桌上，酒胡子是個像不倒翁的小木人，貼著毛茸茸的鬍子，伸出一隻手指。令它旋轉，停下時手指著誰，那麼誰就可以提一種玩法，然後轉到下一個人，就得遵守第一個人提出的玩法；如果誰輸了，就要罰酒。

馬公公替眾人開令，先轉酒胡子。

眾人圍坐在涼亭內，當酒胡子停下時正好指向紫衣。

紫衣想了想，便說：「那就猜字謎吧！」然後伸手用力一轉，酒胡子正好指向淳安王。紫衣俏臉微紅，心中驚喜，意想不到第一回合就選到淳安王。她不敢出得太難，只胡亂說了一道題：「十月十日，請王爺猜一個字。」

淳安王飲了一口，接道：「朝！」

「王爺猜中了！」紫衣也飲了一口。

淳安王也出題道：「十月十日，也猜一個字。」

紫衣在宮中原為藏書館女官，所以才會選自己擅長的文字遊戲，她自然猜得到答案，肯定的說道：「是『萌』字！」

淳安王微笑點頭，繼續用力一轉酒胡子。不幸的是酒胡子偏偏指向了寧子薰……

淳安王眯起眼睛，正思索最難猜的字謎，寧子薰舉起雙手說：「我認罰！」

本來她這個核桃腦仁能看明白四字成語都很難得了，讓她玩什麼猜字遊戲，還不如讓她從山上滾下來比較痛快！

「好吧！」淳安王比她還痛快，指著那一罈子菊花酒道：「乾了！妳可以退出遊戲！」

「六哥……」七王爺皺眉望向淳安王。

「我喝！本來這個遊戲也不適合我。」寧子薰揪著包子臉，抱起酒罈子蹲到角落灌大肚去了。

聽到「咕咚咕咚」的聲音，淳安王這才感覺心中暢快不少，舉起酒胡子說：「繼續！」

席間又換了幾輪遊戲，藏鉤、猜枚、拆字等……眾人互有輸贏。

這時，頗有心機的紅裙在與淳安王猜枚輸了，因而說道：「奴婢受罰，願為王爺獻上一舞，以助雅意。」

紅裙善舞。這四個侍女都是太后精心調教出來的，她們不僅花容月貌，更有自己的特點和優勢。她叫旁邊的侍女取來她的包裹，拿出腰鈴、腕鈴繫上，然後不用任何樂曲，只憑著腰間腕上的銀鈴相和，踏著節奏，紅裙飛舞，姿態曼妙，若天仙下凡。

爭寵可是宅鬥的必備戲碼，藍裾一見也表示要為眾人獻上一曲，不知從哪變出一只玉笛，曲聲悠揚，情意綿綿……終於有機會在王爺面前展示，她們當然不放過這個機會，只求王爺那驚鴻一瞥，便可成就一個女人從侍婢到寵姬的光明大道！

寧子薰蹲在樹叢邊打了個飽嗝，目光越發飄忽，看著三個紅裙一齊在轉……

而王嫮只是淡然的看著那些女人賣力表演，她知道，對於朱璃氏的男人來講，僅僅有色才是不夠的！

聲色樂舞，淳安王卻依然淡漠，無動於衷。他嘴角噙著一抹諷笑，把玩著手中的玉杯，琥珀色的佳釀漾起微波搖碎了杯中的人影。

「蒼舒……」王嫮伸出玉手，掌心躺著一枚褐紅色瑪瑙製成的鷹哨。

淳安王驚訝的看向她，只見她說：「阿姐記得，你年幼時最喜歡獵鷹，有一隻白羽紅睛的鷂子，你經常親自照料，親自餵食，稀罕得像寶貝一般。阿姐那時曾經說過要送你一枚鷹哨，結果後來也沒送成。這塊紅瑪瑙是阿娘留給我的，也是我唯一能拿得出手的東西。前幾天我叫人雕成鷹哨，希望你以後再馴鷹時，可以用這個。」

「阿姐，這是姑母留給妳唯一的遺物，妳怎麼能……」

王嫮執著的把瑪瑙鷹哨放在他手中，說：「那時我在北狄，只能靠小東西來懷念大齊和過去的歲月。可現在不同了，我終於回到了故土。如果不是蒼舒，只怕我的命運會更悲慘。所以……請別拒絕我的一片感激之心！」

「阿姐……」淳安王握住那還帶著體溫的瑪瑙鷹哨，卻沉浸在往事中，三美的表演完全成了背景音樂。

雲王妃狠狠灌了口酒，手顫抖著把杯子按在桌上。

這個女人太可怕了！此時雲初晴的心中只有這一個想法。她只剩下慌亂和懼怕……王嫮輕易就能吸引住王爺的視線，王嫮和淳安王青梅竹馬的回憶是她們任何一個人都無法匹敵的！更何況王嫮還有無人能及的手腕心機，她和四美根本就沒有一絲機會！無論父親如何為她支援打氣，最終的結局也難逃被王嫮擊敗的命運！

一旁狠灌酒的還有七王爺，他垂著眸子，眼中淺淺的現出紅絲。很難得看到七王爺能顯出朱璃氏的特徵，這也說明他的心情很糟，正在狂怒和混亂中。

雲王妃嘆了口氣，懶得再看自己的丈夫和表姐卿卿我我，也懶得看三美作跳梁小丑狀，於是輕聲說：「馬公公，七王爺喝醉了，你著人扶他去休息吧。」然後向淳安王告罪道：「臣妾不勝酒力，先行到房間休息去了。」

淳安王點點頭，叫人引路，分別把七王爺和雲王妃送到精舍休息。

三美還在賣力表演，根本沒注意到淳安王的心思不在她們身上。

又飲了一巡，淳安王對她們說道：「宴席就到此結束吧，妳們可以到湯館泡泡溫泉。」

泡溫泉……三美眼睛一亮！腦子裡都想起了那句名詩：「春寒賜浴華清池，溫泉水滑洗凝脂。侍兒扶起嬌無力，始是新承恩澤時。」楊貴妃可是小三上位的成功典範！

不過，淳安王很快就把她們的幻想捏死在腦細胞中。他冷冷開口道：「湯館共有三處，湧泉是本王爺專用的，妳們可去繁星、落花兩處沐浴。」

然後他轉身而去，那挺拔修長的身影頓時令三美的玻璃心碎了一地。

三美本來想叫上寧姨娘，可一回頭，醉貓般的寧姨娘卻不知跑到哪去了，只剩下一個空空的酒罈。雖然不能和淳安王共效于飛，可是能洗到溫泉也是好事，三美才不管那個傻子寧姨娘醉到哪裡去了，急忙命侍女帶她們去泡溫泉。

看著那三個女人走遠，王嫣想了想，對小太監說：「寧姨娘醉了，別出什麼事，你著人好好在園中找找，不管有沒有找到人，都回我一聲！」

小太監應聲忙去找人。

王嫣靜靜的坐在桌前，突然發現腳邊有一枚白玉蓮子釦，正疑惑是誰掉的，拾起來，卻發現釦子後面刻著一個「嫣」字！

這……竟然是她的東西！

當年的無憂公主金尊玉貴，每件為她精心雕琢的器物上都會刻上一個篆體的「嫮」字，所以她能肯定這個白玉釦是她的。

不過，這個東西應該是很多年前的舊物，如果不是看到刻字，連她都想不起來曾經有過這麼一件東西。畢竟當年她的飾品太多，怎麼可能記得如此一枚小小的釦子呢？

這枚白玉釦子摸起來光滑潤澤，可能是經常被把玩的緣故，但它怎麼會突然出現在這裡？

王嫮把釦子放在鼻子下聞了聞……她突然怔住了，身體像被釘住一般再不能動彈。

因為她聞到了白玉釦子上還殘留著淡淡的藥味，這味道就像是一把小刀，不輕不重的刮著她的心。

◎※※※◎※※※◎※※※◎

在一片綠林掩映中，淳安王緩步來到湧泉池。

這處泉眼因為山勢之故不能建太大的建築，只能依著嶙峋的山體鑿出天然的石棚狀建築，半露天的溫泉池由山石自然隔絕成兩個溫度不同的陰池和陽池。陽池溫度高，陰池溫度低，可以根據季節來選擇適合的溫度。

小太監幫淳安王寬衣，然後端來一個碧荷滾珠的圓盤，裡面裝著新鮮的水果和一壺葡萄酒。他把荷葉盤放在水上，荷葉盤在水面上漂浮著，只要一伸手便可自斟自飲。

溫暖的水流氤氳成白色的霧氣瀰漫在林間，幽靜中只聞鳥鳴樹搖，讓人不禁陶醉其中。每日案牘累乏，淳安王也難得有如此清閒的一天。他很享受此刻的安逸，擺擺手讓眾人退去，自己斟了一杯葡萄酒，慢慢啜著，看天空白雲悠悠飄過，偷得浮生半日閒……

這時，突然從陰池傳來輕輕的水花激盪聲，淳安王皺眉，伸手把衣服上的短劍拿了起來，伏身在分隔陰陽兩池的巨石後，他感覺到水波一圈一圈蕩漾開來，像是有什麼東西在陰池裡撲騰。

整個鐵鏡山莊都有護衛巡視，沒人能接近這裡，這聲音極有可能是山裡的野猴，在無人之時牠們會偷偷跑到這裡喧賓奪主占領溫泉，因此淳安王才沒叫侍衛進來。他舉劍猛地衝過陰池，卻發現水裡撲騰的不是野猴子，而是他家的「野貓」！

「醉屍」寧子薰如金環蛇冤魂附體，爬行到山頂，一路壓倒無數鮮花嫩草。在山頂吹了會風，稍微清醒，又從山頂向下爬回去……結果沒爬好，一翻身滾到湧泉池上方開鑿出的石棚上，然後就直接掉進了湧泉池的陰池。

冰涼的水正好為快要沸騰的血液降了溫，寧子薰舒服得不想爬出池子，就在水裡當「浮屍」，一直浮到淳安王進來。

淳安王看著漂在水裡的寧子薰，她頭上沾滿了草屑，臉上還有幾道劃痕，身上的衣服又髒又破不成樣子，好像一隻剛從泥塘裡滾完泥的豬，看到他還快樂得直哼哼！

「是誰如此大膽，放妳進來的？」淳安王瞇起眼睛質問道。

寧子薰抬起頭晃了三晃，口齒不清的說：「你……又是誰？這是……是我先發現的，就是我的！你想占就先跟我打一仗，誰贏就歸誰！」

「滾出去！」淳安王厭惡的皺起眉頭。

「你你……你滾！這是我發現的地盤！」

寧子薰晃得更厲害了，她身邊的水蕩出一圈一圈汙泥，然後擴散到整個溫泉池，一直……

飄到淳安王的身邊。
「妳這隻泥豬！」淳安王恨得咬牙切齒，上前一把抓住她狠狠按在水中。
「咕嚕……咕嚕……」
汙泥從水裡混著水花湧上來，還有什麼草屑、樹葉等雜物都跟著浮了上來。
突然，淳安王只覺有一股巨大的力量把他拉入水中，水中的寧子薰長髮亂舞，像隻章魚怪物在水中漂著，小花臉上還帶著痴呆的微笑，露出兩顆尖尖的小白牙……
「噗～～～」
淳安王一口氣沒憋住，水中泛起無數泡泡。想要向上游卻被寧子薰巨力鉗制住不能動彈，氧氣一點點從胸膛和口腔中被擠壓掉，窒息感讓他渾身無力，身子一點點向下沉，只能用絕望的眼神看著寧子薰。
堂堂攝政王如果淹死在浴池裡，這將成為本朝最大笑料！他還不被寫野史的無恥文人批得一文不值？真是死不瞑目！
不行，他不能死！即使要死……也不要這種死法！

強大的生存欲望支撐著淳安王，他突然貼了過去，狠狠吻住寧子薰的唇……從她那裡搶氧氣！

不得不承認，淳安王屈能伸，不要臉的程度也不比寧子薰低！

寧子薰怔忡了，她還沒體會過這種像嬰兒般吮吸的親法，竟是如此急迫的掠奪和侵占，像是要把她的一切都奪走。

趁她愣神，淳安王向上一竄，浮出了水面。終於……呼吸到新鮮空氣了，他大口大口的喘息著。

好半天寧子薰才從水裡鑽出來，看著淳安王眨眨眼，驚訝的說：「這……這不是王爺嗎？你怎麼也在這？」

淳安王恨不得掐死她！在差點謀害他成功之後，她居然還有臉說才認出他來！

「本……」他又深深吸了兩口氣，才緩過來，青著臉吼道：「本王一直都在這裡！妳這個混蛋差點就把本王淹死了！」

寧子薰捂著耳朵閉上眼，縮到角落裡小聲辯解道：「我剛才只記得有個不穿衣服的變態殭屍跟我搶地盤……」

說完，瞄了一眼淳安王……還真的沒穿衣服。她臉白了，看來她真的做了這種事！

這時，一群侍衛聽到淳安王的怒吼都衝了進來。只見淳安王一絲不掛把一個縮成一團瑟瑟發抖的女子逼到角落裡……眾人都面露激動之色。

霸氣外漏，霸氣外漏啊！眾人一臉看戲的表情。

淳安王正在氣頭上，看到這群男人用目光掃著一身濕衣的寧子薰，還有一、兩個看他看到流口水，不由得怒吼道：「都給本王滾出去！」

眾人灰溜溜的退了下去，只剩淳安王和寧子薰站在一灘黑水裡。

淳安王默默記住了那兩個看他看得流口水的傢伙，想著明天一定叫馬公公把那兩個侍衛換掉，斷袖什麼的一律不准在他身邊出現！

然後，他才瞇起眼睛用目光「宰」起寧子薰。

「妳知道妳犯了多大的罪?!意圖謀殺本王！」

寧子薰動了動，池子裡的水更加混濁了。她蚊子般的哼哼道：「如果不是王爺逼我喝酒，我也不會喝多，不喝多就不會認不出王爺……」

大概是真的被氣暈了，淳安王到此時才發現自己一直是裸著的，剛才被所有侍衛「參觀」了一遍！

他惡聲惡氣道：「轉過去不准動！」然後他從陰池出來用巾布裹住下體，才說道：「妳還竟敢把責任推到本王頭上？妳知不知道，如果本王一句話，寧家上下都會受重罰？」

「那……那你要怎樣？」寧子薰頓時沒了底氣。

巨石那邊傳來淳安王邪惡的聲音：「給我洗乾淨過來！剛才妳是怎麼漂浮起來的？再漂給本王看看！」

寧子薰：「……」

沒有想到淳安王果然是個有惡趣味的人！竟然喜歡看浮屍！

突然一個小木盒子從巨石那邊飛了過來，浮在水面。

淳安王說：「把自己洗乾淨！再敢把本王池子弄髒就拖出去斬首！」

寧子薰打開，裡面是澡豆香料之類的東西。她把衣服脫光，揉搓出泡泡把自己上上下下都洗得一乾二淨，才爬出池子。

剛要走過去，突然想起小瑜對她說過不准在別人面前裸露身體……可她的衣服都破了，在水裡一泡成了一團破布，又濕又黏的根本穿不上。

寧子薰苦惱的撓了撓頭……看著高大樹木上的藤蘿，她突然有辦法了。

淳安王正愜意的飲著葡萄酒，聽到陰池那邊傳來窸窸窣窣的聲音，不由得皺起眉，不悅的說：「寧子薰，妳在搞什麼鬼？」

「馬上……就好了！」寧子薰說。

當她站到淳安王面前時，淳安王差點一口酒嗆死！

只見她折了一大把樹藤，亂七八糟的纏在身上，意在掩蓋重點部位。不過在男人眼裡，這種充滿野性的半遮半掩比光著身子更能刺激感官！

洗乾淨之後的寧子薰，鴉翎般的黑髮濕漉漉的緊貼在完美無瑕的胴體上，白皙細嫩的皮膚呈現嬌豔的粉色，像朵帶著露珠的粉薔薇，在陽光下閃著動人的光芒。纏在身上的綠藤襯得肌膚如雪，那迷茫的目光帶著幾分天真和懵懂，恍若林間迷失的小鹿。

鵝卵石地面被她踩出一串小巧的腳印，身上還滴著水珠的她像隻小貓般用力甩了甩頭髮，水珠甩了淳安王一臉……

淳安王突然覺得有點眩暈……這溫泉的溫度太高了，熱得他……血脈賁張！

他拭去臉上的水珠，定了定神，嗤笑道：「這身裝扮還挺適合妳的，舉根棒子，拎兩隻山雞，就更像野人了。」

寧子薰轉了轉眼球，突然想到重要任務兵符。她瞄了一眼淳安王，腰上裹著的白巾，衣物都整齊的疊好放在一旁的石臺上……兵符會藏在衣服裡嗎？

第6章
皇家秘辛八卦多

寧子薰想了想，裝作渾身發抖的樣子，說：「衣服破了，所以才用樹藤遮身。王爺……能不能借我件衣服避寒？」

「進池子來！這裡暖和。」淳安王哼了一聲，做出最大讓步。

「就借我穿一下有什麼關係！」寧子薰終於逮到機會哪肯放手，衝過去抓衣服。

可惜……她手慢了一步。

淳安王站在池邊一把抓住她的手腕，皺眉說道：「進來。」

寧子薰咬牙執著的把手伸向衣服，淳安王的力氣沒有她大，幾乎要被她拖上岸。淳安王伸出另一隻手狠狠一拉她的腳踝，寧子薰沒防備，撲通一聲掉進水中，正好壓在淳安王身上，堅硬的額頭磕在他的嘴唇上，鮮血流了出來……

淳安王被巨大的力量衝擊，差點被砸暈過去，寧子薰抬頭，發現自己正騎在淳安王身上……曖昧的姿勢倒是其次，最重要的是她發現淳安王已經快要翻白眼了！

「對……對不起王爺！我不是故意的，要不是你拉我……我也不會摔倒……啊，你流血了！」寧子薰用手擦他稜角分明的薄唇。

這刺目的鮮血有股特別誘人的味道，殭屍的敏感嗅覺嗅到血中那淡淡的甜味，她實在忍不住把手指放在口中……這味道簡直太美味了！讓她欲罷不能！

她吮吸著手指，把那芬芳的腥甜嚥下去，不禁想著：淳安王的鮮血怎麼會如此誘人？

他們這一代吃著合成肉、喝著代人血功能飲料生存的殭屍戰士，根本接觸不到真正的人類血肉。

因為殭屍本性的關係，人類與殭屍作戰之前，都會在皮下埋自爆晶片，當人類戰士的心臟停止跳動、生命徵兆消失，自爆晶片就會啟動把屍體炸毀。第一是為了防止殭屍吃掉屍體，第二是防止屍體被拿去改造成新的殭屍戰士。

因為屍源不足，所以寧子薰這一代的殭屍戰士有一半是基因複製，一半才是由人類改造。他們沒有吃過活人，平常都是吃高科技的複製型自生鮮肉，遇上節日或部隊打了大勝仗才能發活物，例如雞、鴨等家禽，至於牛、羊等肉質鮮美的有蹄類動物都是高官們才能享受得到！

不過，這種情況寧子薰都覺得已經很奢侈了，因為是作戰部隊才會有鮮肉供應，普通屍族還吃不到呢！

可此時，她就像著了魔一般被眼前散發著誘人香味的血吸引了，她貪婪的看著淳安王的嘴唇，說：「王爺……你出血了，我幫你止血！」

她撲到淳安王身上像隻小貓一樣伸出舌頭舔著他唇上的鮮血，再含住他的唇又吸又咬……

淳安王此時被撞得眼前全是小星星，根本無力反抗，頭倚在池邊，任由寧子薰「欺凌」。

其實寧子薰明白，她不應該吸人血，她已經是個「脫離低級趣味」的殭屍了，應該用修煉來提升自己的品味，可不知為何，淳安王的鮮血就像罌粟，沾上一點就上了癮，讓她欲罷不能！

當那甘美的鮮血進入身體，就像引燃了她體內的火苗，讓她渾身燥熱，有股難以抑制的衝動。她還想要更多……更多……

她索求無度，輾轉吮吸，而半昏迷中的淳安王被她吻得也意亂情迷，感覺懷中的女子像蛇般纏繞在他身上，像隻水蛭般緊緊貼在他唇上，吸得他的傷口又疼又麻，有種奇特的感覺。

他被吻得疼了，也狠狠咬破她的舌頭……兩人的血液交融在一起。

他的呼吸愈加沉重，溫泉水讓身體更加燥熱，他的手觸碰到她纖腰上的樹藤，用力一扯，樹藤斷成兩截，隨著池水沉沉浮浮。

再也抑制不住躁動，他猛地把她壓在身下……

突然外面傳來雲王妃和無憂公主的聲音！

兩人俱是一震，寧子薰終於清醒了，她看一眼那堆衣服，恨不得把自己的舌頭咬下——誰叫妳嘴饞，這下讓最好的機會都失去了！

淳安王睜開眼睛，也懊悔到極點，自己竟然被這個女人色誘了！如鋼鐵般的意志是他平生最自負的！他從不會因為任何誘惑而改變自己前進的方向，卻沒想到……竟然差點被這個沒頭腦的笨蛋色誘了！

七弟曾經說過寧子薰是他的解藥，不過七弟並不知道，這毒是他甘願中的。當他完成自己的使命後，那個人會給他一個交代……這毒，不過是怕控制不了他，到時自然有人會幫他解毒。而且這種天下難尋的寒毒，從某方面來講對他還有保護作用，畢竟這令其他再狠烈的毒都不能毒死他！所以他也從未擔心過生死，所以他更不會用女人做解毒的工具！

他承認在那一瞬間，他對寧子薰產生一種奇怪的感覺，不只是肉慾——因為沒有一個女人能成功引誘他——而是一種震盪心靈的感覺，彷彿記憶深處有什麼被喚醒。

他扶著頭覺得渾身無力，幾乎站不穩。

寧子薰忙扶住他，低聲說：「王爺，你沒事吧？」

寧子薰心虛了，如果不是她吸了淳安王的血，他不會這樣的。

淳安王冷著臉推開她，自己走到池邊把衣服穿上。

寧子薰注意到他有個小荷包隨身佩戴著，不知道是不是兵符？想到這裡，寧子薰更是悔不當初。現在如果去搶的話還來得及嗎？但萬一不是……那她就暴露身分了，以後再想接近淳安王就難了！

正當她猶豫之時，淳安王已叫人放雲王妃和無憂公主進來了。

兩個人一見淳安王面色蒼白，嘴唇又紅又腫，又看到水裡赤裸的寧子薰，用腳趾頭想也知道發生了什麼事。

「對不起，打擾王爺雅興。聽侍衛說有人闖進湧泉池，妾臣擔心，所以和無憂公主一同來瞧瞧。」雲初晴忙解釋道，不過她的聲音都有了些顫抖。

反倒是無憂公主還很淡定。她目光瞥向寧子薰，含著一縷若有若無的笑意。

淳安王冷淡的說：「寧姨娘喝多了誤闖進來，妳們一會兒找件衣服讓她穿上，準備準備，也該回京了。」

「是。」雲初晴暗暗咬牙。

王嫮看出淳安王腳步虛浮，叫小太監扶著他去休息。

◎※※※◎※※※◎※※※◎

天色至暮，車隊在護衛下緩緩向京城進發，戌時入城。

看著淳安王下馬車時虛弱的樣子，如果說他們在池中什麼事都未發生，誰都不會相信。

無論是四美還是雲初晴，都恨死了寧子薰——明明看上去那麼呆傻，原來卻是最有心機的人！

月色如洗，雲初晴像往常那樣，又在深夜中來看她養的曇花。曇花一現，這美麗又脆弱的花兒何嘗不像女子？流年偷轉，芳顏易老，不經意間再回首，已經皓首蒼顏……珍惜。

她珍惜這花，所以每夜都來看它，不願讓它寂寞開放，悄然謝落——就像她一樣，不被珍惜。

月光淡淡的照在清冷的院中，雲初晴立在曇花樹前，看著那白色的花蕾漸漸綻放，展露出黃色的花蕊，散發出淡淡的幽香。

這時，身後有人輕聲道：「好美的花……」

雲初晴猛地回頭，看到王嫣踏著月色，帶著慣有的微笑緩緩向她走來。雲初晴不由得冷笑，說：「無憂公主怎麼有雅興深夜賞花？只可惜這種花韶華易逝，無憂公主應該更喜歡萬年青才對。」

王嫣怎能聽不出她言語中的諷意？論起來，她年紀比淳安王還大四歲，更不能跟雲初晴相比。

她望著那綻放如白蓮般的碩大花朵，微微嘆了口氣，說：「我不是王妃的威脅……」

雲初晴轉過頭，臉上浮現出淡淡的諷意，「無憂公主誤會了吧？我可從未說過什麼！」

「是妳誤會了！」王嫣走到她面前，認真的看著她說：「就算蒼舒有什麼想法，永遠過不了太后那關！更何況我也沒有覬覦王妃之位的野心，不過是想求過一段平靜的生活。」

雲初晴吃驚的凝視王嫣，沒想到她會開門見山談起這樁事。不過她才不相信這個女人呢！對方千里迢迢回到大齊，沒有依靠，怎麼可能不想緊緊抓住王爺？

「無憂公主過謙了，妳的手段我也領教過了，讓我怎麼相信狐狸不吃雞呢？」

王嫣垂下頭，淡淡的說：「我用手段不過是為了維護我在蒼舒心中可憐的形象，我就像個乞丐，用乞求憐憫來保住安全。對於什麼都沒有的我，雲王妃有何懼怕？倒是……看起來最無害的，往往才是最危險的呢。」

雲初晴心中一緊，彷彿有什麼東西堵在咽喉讓她十分不舒服卻吐不出來……今天白天的那一幕深深印在她腦海中無法抹去。

寧子薰……傻了之後卻更加吸引王爺的目光。她總是會用最出人意料的方式震撼別人的神經，也許這個樣子才更能吸引男人的注意？自己與寧子薰的結盟就在那一瞬間瓦解冰消了，現在她的心中只剩下無盡的恨意！

王嫣能看懂那種眼神意味著什麼，她沒有再說話，輕輕轉身離去，脣邊卻是陰森的冷笑。

回到王府的淳安王倚在床邊，無論如何卻不能入眠。那幅畫面和一瞬間產生的幻覺，讓他震撼得至今還未恢復平靜。

那種熟稔的感覺彷彿就像他親身體會了魚水之歡一般，怎麼會這樣呢？他緊緊攥住錦被，懊惱不已。因為腦海裡都是那香豔的場景，一遍遍重映，讓他……說不出的難受。

這時，外面馬公公輕聲稟報：「王爺，北疆密信到了。」

他猛地掀被起身，把雜念都拋去，攏眉道：「傳進來！」

◎※※※◎※※※◎※※※◎

眼轉間又到了十五中秋佳節，也是皇太后的聖壽之日。宮裡宮外都辦得格外熱鬧，還紮了彩燈鼇山，準備了煙花爆竹，後宮御膳更是忙得不可開交。

八月十五這天，各地官員都有賀表和貴重貢品進京，圍著皇宮宮牆高搭彩棚帶來各地具有地方特色的戲劇、雜耍，一時間偌大的皇城四周被這些絢爛的舞臺包裹其中，無論登上哪座城門都能看到熱鬧的場景。

為示與民同樂，八月十五這晚不宵禁，百姓們一整夜都可以歡慶，不過這也給京城戍衛營和禁軍帶來了不少的壓力。

皇親國戚們都要入宮賀太后聖壽，連遠在封地的二皇子沂王元濤都入京朝賀了。

本來寧子薰是不夠格入宮的，因為前一天武英侯夫人入宮請安，太后就「忽然」想起了寧子薰，特意恩賜她提了一格——由姨娘直接變成了側妃，所以有了品階的寧子薰也可以入宮朝賀。

皇宮中的規矩和繁瑣的禮儀根本就是在考驗貴族婦女們的體力，從清早入宮行大朝禮，在一聲聲「跪拜」、「興」的聲音中，頂著一腦袋貴重金屬還要保持優雅的姿態。

長長的御道從興聖門走到正殿就要二十多分鐘，看著那幾位老態龍鍾的命婦頭頂著十多斤重的金屬、穿著十多斤重的禮服，跟重量訓練也差不多，寧子薰覺得其實古代女人沒想像中那麼孱弱。

聽了禮贊官宣贊完畢，眾人又到鳳儀殿領大宴，房間倒是滿大的，還有教坊司在一旁吹奏雅樂。

寧子薰只聽清幾句什麼「感皇恩，當今聖壽比南山，金枝玉葉競相連，百僚卿相列排班，呼萬歲，盡在玉階前……」哼哼呀呀直唱得人想睡覺。

命婦們只是簡單的吃了點東西，然後隨引路女官直入太后的寧泰殿再次行禮賀壽。第一位上前賀壽的是隨兒子沂王去了封地的趙賢妃，當然，現在已晉級為太妃了。先帝子嗣單薄，只有兩位長到成年的皇子。大皇子元皓立為太子，二皇子元濤封為沂王，待先帝駕崩後趙賢妃便同兒子回了封地，此次竺太后聖壽才攜子進京。

趙太妃同太后一樣都是南虞人，不過她比太后晚幾年入宮，雖然身分低微，卻是個乖覺聰慧之人。她曾是竺太后最忠誠的盟友和屬下，在私下裡也幫竺太后解決不少「麻煩事」，說她是竺太后的一把刀也不為過，若不然，她的兒子沂王也不可能平安長大成人活到現在。

後宮是女人的天下，沒有硝煙卻鮮血淋淋的戰爭不比朝堂來得少，所以站著笑到最後的趙太妃和竺太后都是勝利者。

沒有人敢對強者不敬，趙太妃是後宮妃嬪們渴望的終極目標——耗死皇上，成功晉級，跟兒子出宮過逍遙日子。

竺太后自然對老屬下趙太妃禮遇有佳，還沒等見禮，已著宮女扶起她，又在側下首賜了座位。

根據品階行禮，寧子薰和雲初晴還是比較靠前的。只不過雲初晴的臉色自打那次溫泉事故後一直多雲，不初晴。雖然淳安王從那天起一直都忙碌著，根本沒有再見寧子薰。

當寧子薰隨著雲初晴上前行禮時，她突然聞到了一股奇特的香味，雖然十分淡，卻讓她記憶深刻——這香味是屬於面具人的！古代人都喜歡薰香，不過這種奇特的香味只有面具人身上才有，所以她肯定，面具人一定就在大殿中！

寧子薰的目光四處搜尋，隱藏在這些命婦之中的面具人原來是個女的！

可能因為注意力都在尋找面具人上，寧子薰根本沒注意到自己踩到了雲初晴的裙角。原本繁複的裙裾就很累贅，雲初晴也沒在意，向前一步只聽見裂錦之聲，在空曠的宮殿中顯得格外清晰。

眾人的視線都被吸引了過來，雲初晴緋紅著臉狠狠瞪了一眼寧子薰，忙跪下請罪。

坐在上面椅上的太后打扮得格外莊重華美，她含笑道：「無心之舉，何罪之有？只是可惜了雲王妃這件簇金繡纏枝花的羅裙，哀家有件大紅織金鳳尾羅裙，還是當太子妃時做的，便賞了妳吧！」

雲初晴忐忑不安，心道：「臣妾不敢。」

「反正王妃禮服和太子妃的差不多，是吧？」太后笑咪咪的說。

模稜兩可的意思讓雲初晴頓時不知如何應對，太后此話是否有暗示淳安王逾權覬覦皇位之意？

眾人一時間也都面色各異，聽出了太后的弦外之音，卻都冷眼看淳安王府的女人們如何應對。

不一時裙子取來了，宮女捧上前來。

雲初晴緊抿著脣顯示出無比的緊張，如果在滿朝命婦和太后面前說錯話，打的可是淳安王的臉，到時不用說她的王妃之位，恐怕連小命都保不住了。

這時，一旁犯了錯的寧側妃突然開口道：「王妃，太后賜，不敢辭。」

這句顯然是引用「長者賜，不敢辭」，殭屍同學的學習很有進步。

雲初晴也領悟過來，是自己關心則亂了，太后賞賜的東西哪有拒絕之理？就算太后有弦外之音也斷不會在今天發作，於是她忙跪下謝恩。

寧子薰感覺到竺太后審視的目光投向自己，她露出傻傻的微笑：面具太后，您辛苦了！

太后眼中閃過一絲疑惑，隨即便恢復平靜。

雲王妃被人帶下去換裙子，眾人又繼續磕頭說吉祥話，太后也都一一應酬幾句。這樣差不多一小天就過去了，眾位命婦這才可以出宮。

當然，皇親國戚的女眷們晚上還得進宮，陪太后賞燈看花吃月餅。

眾位命婦陸續出宮，三三兩兩湊在一處聊天，內眷們的遠近就能反映出朝堂上的派系。

寧子薰超靈敏的耳朵想不聽八卦都不行，而且都是熱議她的八卦。

比如前面三點鐘方向的兩位重臣命婦……

命婦甲：「那個就是寧家長女，聽說假死後成了傻子？」

命婦乙：「可不是！不過今天表現得這麼鎮定，難道是在裝傻？」

命婦甲：「我們老爺說了，傻不傻要看做人辦事。妳看她爹武英侯，看著忠厚，還不是跟太后走得近，與王爺結了親？兩邊不得罪，這才是真高段呢！」

命婦乙：「他兒子寧子葶回來了，有二十了吧？聽說還沒結親？我家三閨女今年也十五了……」

命婦甲：「徐夫人，我們老爺早就派媒婆去了，您就別跟小女爭了！」

命婦乙：「李夫人，您家老爺下手可真夠快的！」

寧子薰翻了個白眼，原來是盯上她「哥哥」了！再一側頭，十一點鐘方向的兩位皇親老王爺，宜王和敬王的妃子……

甲妃：「聽說這傻子倒挺受淳安王寵愛的，為她把月嫵都攆了呢！」

乙妃：「那還不是因為最近有動向要打南虞，用得著武英侯。淳安王什麼人，能喜歡這傻子？」

甲妃：「也是呢，聽說淳安王親自跑到北疆去接王娉，一回來就住進淳安王府，妳看雲王妃那臉，跟個苦瓜似的，今天還差點在太后面前失了儀態……那個攪禍精又要重演十二年前的舊事了！」

乙妃：「噓~小聲點兒。那寧側妃怎麼總盯著咱們看，不會是聽到了吧？」

甲妃：「不會吧，這麼遠……算了，敬王妃，聽說妳家王爺又納了兩個南虞侍妾？」

乙妃：「那算什麼，聽說妳家宜王前幾天還因為個妓女跟別人鬥氣競價，花了貴十倍的價格抬回了府？」

寧子薰：「……」

這些女人腦子裡裝的都是什麼呀？真陰暗，比殭屍還陰暗！

緩步走在後面的王娉卻被一個穿著四品服色的太監攔下，那個太監用極低的聲音說：「淳安王請無憂公主留步，稍等王爺一會兒，他那邊快散朝了，請您跟奴才到儀華閣稍候。」

當然，非人類寧子薰又不慎聽到。

看著王娉被那太監領走，雲王妃的臉色更加難看。她也猜得出來這有品階的太監不可能是太后派來的，太后討厭王嫮，那宮中能支使四品以上太監的只能是淳安王，而其他人也能想到其中緣由，雲王妃頓覺所有人的目光都在嘲諷她，於是加快了腳步走向自己的馬車。

寧子薰側頭，不由得想起剛才聽那兩位王妃的話語，十二年前王嫮似乎引起過什麼爭議，而且太后也十分不喜歡王嫮，在賀壽時根本一句話都未跟她說。就連最末級的命婦向太后賀壽時都會得到太后一、兩句和藹的問候，只有王嫮，太后轉過頭去與趙太妃說話，根本當沒看見。

可憐的無憂公主真是不招待見，不過她的往事又是什麼呢？

「寧側妃，還愣著幹什麼，不上馬車？」

這時，雲初晴不悅的聲音響起，寧子薰這才急忙走過去爬上馬車。

雲初晴原本就身體不適，經過這一天的折騰早已疲憊不堪，雖然滿腹怨氣，不過一上了車就昏昏沉沉的睡了，回到王府便馬上卸妝休息，直到酉時才慌忙的起身再點豔裝、重修粉面，強打精神應付晚上的夜宴。

而寧子薰卻趁這個時間把宮中的所見所聞向飼養員報告，不過她沒有向小瑜報告發現太后是面具人的事情。

寧子薰現在逐漸熟悉了這個世界，每個社會都有自己的規矩和行為模式，只有順應它的規律才能保住性命。身為一個偽裝成人類生活在冷兵器時代的殭屍戰士，她相信自己一定能堅持到勝利的那天，用偉大的屍族特有的堅韌、堅強和執著贏得自由！冰山王爺和小氣道士什麼的都去死吧！

小瑜聽後也不禁沉吟，他一個「野生」道士，長年居住在深山老林，怎麼可能知道十二年前的事情？看來這次好像又要去「麻煩」七王爺了。

身為資深皇家秘辛宣講員，七王爺這次卻十分沉默，他連太后聖壽這樣的大事都告了假，窩在杏花天喝悶酒，也不知心煩為哪般。他飲盡一杯桃花酒，星眸微醺，說道：「告訴妳太多反而會害了妳，王嫮的事情妳無須多問，六哥會生氣的。」

阿喵依然是那個阿喵，圓滾滾的在草叢中漫步，可謝了杏花的杏花天和借酒澆愁的七王爺卻讓寧子薰沒來由的湧起一陣陌生感。

沒得到什麼有效情報，天色卻已暗了。寧子薰再次按品階裝扮好，又與雲王妃進宮領宴，至於淳安王……好像從鐵鏡山莊回來後就再也沒見過一次，她的偷兵符大計仍然在擱淺中。

◎※※※◎※※※◎※※※◎

馬車緩慢的行進在京城寬闊的道路上，若不是有王府禁軍開路，只怕會被道路上熙熙攘攘的人群擁住不得前進了，外面鼇山絢爛奪目和樂舞聲聲把整個京城裝點成一座不夜城。

寧子薰好奇的看著炫目的彩棚，和那些在臺上唱著咿咿呀呀聽不懂的歌、化著濃妝看不出面貌的男女。比起這些，她更喜歡看天空中高掛的圓月，不過皎潔月光灑下的清輝卻被那些耀眼的燈火淹沒了。

她幻想能坐在山巔凝望這美好的月色，那樣永恆的美才是生命的真諦；她並不羨慕人類的煙火繁華，這樣的盛世只是人類自己欺騙自己的海市蜃樓，最終人類的文明進步傷害的不是自然，而是自己。

末世是個噩夢，就算她是只殭屍，也不願意再回去為了爭奪一塊小小的水源地或一片還未被輻射汙染的植被，而與人類生死相搏。

雲初晴板著臉把簾子撩下，訓斥道：「怎麼說也是側妃，讓人看到妳這樣子豈不把王爺的臉都丟盡了？」

寧子薰低下頭，心道：王爺的臉，不早就丟到溫泉裡了嗎？

穿過「人海」，終於來到宮門口，入夜後的檢查更為嚴格，馬車一律不准入內。她們兩人換乘青帷肩輿進了內宮。

肩輿沿著太液池行進，池邊柳蔭鬱鬱，荷風清清，一輪明月把水面照得波光粼粼，遠遠的，瓊華島隱在黑暗中如一隻鼋龜半伏水中。

打著燈籠引路的小太監細聲細氣的向雲王妃講解晚宴流程：「太后娘娘請雲王妃及各位命婦先到閬仙苑行拜月之禮，然後乘舟到瓊華島上賞月宴飲，宴飲完畢到觀景臺看放煙花，亥時初刻出宮。」

寧子薰聽小瑜說了，什麼「男不拜月，女不祭灶」，太后領著一幫命婦磕頭祭拜，男人們早就跑到太液池上登舟賞月去了。

她望著水面上那兩艘裝飾華麗的龍舟，上面結著彩燈琉璃，把水面映得流光溢彩。隱隱聞到船上絲竹之聲，她猜想，淳安王那傢伙也一定在上面。

不一時肩輿停了下來，兩個小宮女上前打簾子，雲初晴和寧子薰邁步進了閬仙苑，只見苑中眾人花枝招展，皇族的女性幾乎都到了，還有許多年輕的郡主、公主，正圍著太后賣乖討巧。

要知道，她們雖貴為金枝玉葉，可命運卻都捏在太后和皇帝手中，若哪個得罪了太后，保不齊就會落得個王嬙的命運，被派去與野蠻人和親。所以這些年輕的女孩子當然要把太后伺候好，還期望以後被指個青年才俊當駙馬呢。

見到雲王妃駕到，這些女孩們紛紛上前見禮。

「皇表嫂，妳怎麼才來？」

「七舅母，萬福金安。」

「七皇嬸……」

還有誇張的叫「七皇叔祖母」……這都是什麼輩分啊？

寧子薰驚嘆，原來一個人竟然可以有這麼多「職稱」！

直到此時，雲初晴才找回了點面子。她微笑著一一見禮，把寧子薰曬在一邊，然後跟隨眾人去向太后請安。

此時太后已換下大朝服，穿著明黃色的百鳥朝鳳禮服，上面還綴著無數顆夜明珠，在月光下閃耀著螢光般的色澤。

眾人都不禁稱讚起太后這身禮服簡直巧奪天工，美不勝收。

寧子薰擠不到前面，踮起腳看了一眼，不由得皺起眉頭……

只聽見竺太后低聲笑道：「還是沂王孝順，知道哀家壽辰，兩年前就已經在著手準備壽禮了。這件百鳥朝鳳夜明珠禮服，就是他請了十個有名的織工耗費一年多時間織成的。難得這些圓潤的夜明珠！除了這件衣服，沂王還用夜明珠打造了燈座，夜晚熠熠生輝，哀家尤為喜歡！」

一旁的某郡主湊趣道：「沂王哥哥送太后這麼重的禮，是想太后娘娘為他賜個才貌雙全的佳人當王妃吧？」

所有人都笑了，趙太妃淺笑道：「到底是凌丫頭，一肚子鬼心眼兒！我們濤兒的婚事還真得求太后多多操心。」

寧子薰不由得細細打量趙太妃，她也不過三十多歲年紀，柳眉檀口，清雅溫和，總是低眉順目，讓人看不清她眼中的神色。

太后撫摸著袖口盤繞漸密的小夜明珠說道：「這是自然，哀家自然要替濤兒好好留意一下。當然……還有凌丫頭，妳不要以為我只疼妳濤哥哥。今年秋闈過後，看看新科三甲中有沒有青年才俊，自然也要想著妳！」

說得凌郡主霞飛雙頰，扭過身子跑開了，眾人都不由得大笑起來。只有寧子薰，卻面色愈加嚴峻。

旁邊幾個在太后面前不大得寵的皇親女眷不由得暗暗拉扯，竊竊私語。

「妳看那寧側妃，怎麼木著個臉，連笑都不會？」

「妳不知道她是傻子嗎？當然聽不懂太后的玩笑話！」

寧子薰不在意其他人在說什麼，她的注意力都集中在那件光彩四射的禮服上……

又閒聊一會兒，太后見人都到齊了，站起來親自主持拜月儀式。

有信仰是件好事，殭屍們還信仰基因病毒女神「卡瑪」神母，是她從人類的軀體裡解放了屍族，並把殭屍的基因一代代加強，創造出比人類更優秀的屍族！

雖然寧子薰不是卡瑪教虔誠的信徒，但她穿越到這個冷兵器時代，這也是件神奇的事，總得「歸功」於神祇的安排吧？

而且，鑑於淳安王逼她吃鹹魚，又用鮮血「誘惑」她，沒讓她找到兵符完成任務，她在心裡已經詛咒過N次，趁這次祭拜儀式，她祈禱他吃什麼拉什麼、拉什麼吃什麼……卡瑪在上！阿門！

My Zombie Princess

第7章 幽會，又見幽會

終於拜完了月亮，太后和眾位皇親踏月步行，走到太液池邊。

池邊早已準備下龍船，按著皇親遠近親疏和輩分級別，女眷們分別坐上三艘船向太液池中間的瓊華島駛去。

這座瓊華島上建有一座與月宮同名的「廣寒宮」，登高玩月正應佳景。船靠岸邊，早有宮女和太監守候山下，一乘乘肩輿是抬眾人上山的。

瓊華島上種滿了桂花，此時正是季節，大葉佛頂珠和朱砂丹桂把整個瓊華島染成淡淡的黃色。夜風習習，丹桂飄香，那股甜膩的花香不禁薰醉了眾人。

太后興致頗高，堅持不坐肩輿步行上山，眾人自然也得相隨，拾階而上，珠翠繚繞，那些金屬在月光中發出淡淡的光芒，不過誰也比不上太后，簡直就是個人型螢光機，引得螢火蟲都直往她身上撲，以為見到老鄉了。

終於爬上原本也不太高的瓊華山，山頂的廣寒宮中早已備好盛宴，屏開孔雀，褥隱芙蓉，皇家饗宴，自然除奢華不能入眼，非奇珍不能上席，差點晃瞎殭屍的夜視超熱感眼！

眾人按部就班的入座，太后舉杯致辭：「今值盛歲，國泰民安，中秋佳節又是哀家芳誕，請諸位皇親國戚至此歡度一日……巴啦巴啦……」

後面的話都省略，因為寧子薰根本沒在聽，她在發呆。

太后說完，眾人皆起身賀太后千秋，飲過此杯，太后命教坊司樂舞上前，為大家表演宮廷樂舞。

邊吃邊喝，眾人才逐漸放鬆下來，談笑聲不絕於耳。雲王妃當然跟寧子薰沒什麼好談的，只與坐在一旁邊的趙太妃低聲私語。

這時，一旁走過來斟酒的宮女小聲對寧子薰說：「寧側妃，請跟奴婢來一下，有人要見您。」

「是誰要見我？」寧子薰不由得繃緊了神經。

那宮女卻不肯說，垂頭微笑道：「去了就知道了。」

寧子薰側頭想了想，起身對雲王妃道：「我去如廁。」

雲王妃正和趙太妃聊得起勁，柳眉顰皺，擺擺手不屑於對她說話。

趙太妃見寧子薰起身出席，低聲問道：「這就是那位傻了的寧家丫頭？」

「可不是……」

寧子薰覺得長了雙超靈敏的耳朵也不是好事，這幫女人提到她必稱「傻子」，殭屍也是有尊嚴的好不好！她真想衝這幫女人大喊：根據科學測試，智慧型殭屍的智商比弱智人類高很多，我才不是傻子呢！要是比武力值，妳們這一殿的女人都不是我一人的對手！

宮女引著寧子薰沿著側廊走到殿外，明月皎皎，樹影重重，那宮女鑽入一片金黃色的桂花林，待寧子薰探身進去，卻不見了那宮女。

——難道……是陷阱？

寧子薰忙抽身後退，卻撞上一堵柔軟的牆。

她忙回身，只見那個人也正轉身看過來，兩人俱是一驚。

——竟然……是小黃瓜！

看著小黃瓜這一身金燦燦的黃衣服，上面還繡著難看的「蜥蜴」，寧子薰也猜出來小黃瓜的真實身分了。聽說這個長著五隻爪的蜥蜴叫龍，是代表皇權的象徵，難道皇上都必須穿這種狗屎黃的衣服，才能顯示權威嗎？

原來她無心所救的人竟然是一國之君，不過她並沒有顯得特別激動，倒是忽然聯想到他口中那個要謀奪家產的大壞蛋「六叔」……豈不就是淳安王？難怪她總覺得小黃瓜像淳安王的少年版。

知道了皇帝的秘密，自己還是「大壞蛋」的側妃……呃，她的處境好像有點危險了！

小黃瓜也認出了她，不過臉色變換的速度堪比變色龍。

當月光從桂花樹枝的縫隙透進密林，他看到了寧子薰的那身禮服，最初的驚訝和喜悅也被陰冷和惱怒所替代。他狠狠抓住寧子薰的手腕，咬牙道：「妳……究竟是什麼人？為何會出現在佛樂山救朕？是什麼人派妳來的？」

這麼多問題，一時間寧子薰都不知道如何編謊言回答了，再加上殭屍本來也不善於說謊，她呆若木雞的看著小皇帝……

小皇帝元皓見她不語，更加生氣，說道：「別以為妳武功高強，只要朕一聲令下，這皇宮上下幾萬御林軍還能抓不住妳一個？」

突然，一隻手猛地襲向面前——他的脖子瞬間被對方勒在臂彎裡，嘴被捂個嚴嚴實實，只能發出嗚咽聲！

「這樣你就不能一聲令下了吧？」寧子薰板著臉說。

雖然寧子薰下手已有保留力道，不會把他勒死，不過元皓卻差點被她氣死！長這麼大還沒人敢勒他的脖子，如果他能從她手中逃脫一定要治她的罪！五馬分屍，不，千刀萬剮！

他拚命掙扎，可卻如蚍蜉撼樹。

「如果引我來桂花林的宮女不是你派來的，那麼就有人知道佛樂山的事，他們故意引我來這裡遇見你是為了什麼目的？」

雖然被鎖著脖子，可元皓知道香菇對他是沒有敵意的，如果這個怪力香菇真想要他的命，只須輕輕一下，他早就一命歸天了。

於是他放棄了掙扎。

寧子薰感覺到他平靜下來，說：「你答應我不叫，我就放開你。」

元皓輕輕的點點頭，寧子薰鬆開手。

小皇帝眼中閃著憤怒的光芒，「且先不說是誰引妳到此，妳既然知道朕的身分還敢如此放肆，是覺得救過朕的性命，所以朕不敢殺妳是嗎？」

「我本來也不是故意救你的，要不是因為那些殺手打擾我跟白毛殭屍決鬥，我也不會陰差陽錯救了你。」寧子薰誠實的說。

她真沒想到自己竟然跟大齊三大 BOSS 扯上這麼複雜的關係——太后是她的幕後老闆，淳安王是她的頂頭上司，皇帝是她救過的人。

元皓不悅的瞇起眼睛，跟淳安王越發相似了，「『你』？竟然敢稱皇帝『你』？」

寧子薰垂下頭，機械性的說：「對不起，皇上。」

——真是一點認罪的態度都沒有！

元皓仔細打量著她，因為後宮命婦聚會都是太后主持，身為皇帝是不可以參與的，所以皇親的女眷們他都不認識，不過看這身服飾應該是郡王王妃。

他開口道：「妳還沒回答我的問題，妳到底是誰，是誰派妳來……救朕的？」

既然不是來殺他，可能就是來幫他的……難道還有不想從皇帝身上撈好處的無名英雄？

「呃……」寧子薰想了想，決定先從動機談起，因為如果直接說自己是大壞蛋的側妃，估計他接受不了的。於是，寧子薰說：「沒有人派我，是你們跑到那裡才撞上我的好不好？只是巧合，而且當時我也不知道您是皇帝陛下。」

元皓仔細想當天的情景，似乎也的確如香菇所說，是他們慌不擇路逃到山上，而且香菇也不是衝著他們來的，她是跟白毛殭屍打成一團。再看香菇那張呆呆的臉，元皓覺得她應該沒有欺騙自己。

元皓看著她身上的禮服，沒來由的繃緊了神經。他問：「妳還沒說，妳到底是誰的妃子呢！」

「我……」

寧子薰剛想解釋，突然聽到有人接近桂花叢，她一下撲上去，再次「大不敬」，把皇帝壓在身下，壓得他悶哼一聲。

「噓，有人過來了！」她低聲在元皓耳邊說。

只見一個黑影輕步走進桂花林，四處張望，似乎在等什麼人，看那婀娜的身姿應該是個女子。這時，又一個黑影跟了進來。前面那人顯然發現後面有人跟蹤，故意驚慌的問道：「什麼人？」

「阿姐，是我。」

那黑衣人冷冷的聲音響起，不禁讓寧子薰和小皇帝都僵住了。

只聽到王嫣輕道：「蒼舒，你怎麼跑到這裡來了？」

「怕妳被太后為難。」

他的話很簡潔卻讓人心暖，原來冰山王爺也有如此溫柔多情的一面。

不過寧子薰卻聽出原來王嫣來這裡並不是與淳安王約會，好像是在等其他人……她到底在等誰呢？

「你不該來，讓人看到會詬病於你。你是攝政王，不應該為我失了名聲。」王嫣的聲音越發哀憐。

「名聲於我有何用？反正早已聲名狼籍，又何必在乎其他人議論？只是……妳為何不在宮中飲宴，跑到這裡來幹什麼？」

「我……喝了幾杯，胸口有些發悶，想說來這桂林裡聞一聞桂花香也許就不會吐了。」

兩人正在說話中，突然另一側傳來腳步聲，又有人來了！

到底有多少人要占用這片桂花林呀？也沒人通知一聲！寧子薰不禁翻了個白眼。

淳安王反應迅速，急忙衝了過去，王嫮不禁驚慌的喊道：「蒼舒小心！」

那人顯然聽到了王嫮的聲音，轉身而逃，淳安王緊追不放。那人慌忙中卻逃到了寧子薰和元皓的藏身之地……

那人一下子呆住了，這時淳安王也追到了跟前，八目相對，都愣住了。

「阿濤？」

「攝政王？」

「皇上？」

寧子薰捂住臉……真是一齣天雷滾滾的狗血劇呀！

淳安王看了一眼沂王元濤，然後目光轉向寧子薰和她身下壓著的皇上，眼中寒意不由得更濃。

沂王元濤臉上也難掩驚愕之色，看著皇上和寧子薰。

寧子薰呆住了，竟然忘記自己還壓著皇上……

過了一天，她又學會了這個世界的一個流行詞：捉姦在床。

淳安王的臉色不太好，不過也沒有冒綠氣，只是冷冷的盯著他們問道：「你們在這裡幹什麼？」

這時，王嫮也趕了過來，看到此景不由得驚訝的捂住嘴。

「呃，其實是因為我迷路了……」寧子薰只顧著解釋，都忘記從皇上身上爬起來。

元皓看到淳安王，像隻小刺蝟豎起滿身的刺，一把摟住寧子薰，挑釁的說：「攝政王來這，不是也在跟無憂公主幽會嗎？」

淳安王挑眉，緩緩說道：「這麼說皇上是來幽會的？」

「不……」

寧子薰的話還沒說出口，就被皇上把嘴脣捏成了兩片「香腸」。他輕輕啄了一下，故意輕佻的笑道：「美人，妳就不要再否認了！」

——延平郡王、撫寧郡王，兩位表兄對不起了！無論香菇是你們誰的，朕都要搶過來！

算起來還在京城未去封地的郡王只剩下延平和撫寧，所以香菇只能是他們其中一人的。可是皇上忽略了一個重要問題：郡王正妃和親王側妃所穿著的服飾和綬帶霞帔是一樣制式的……於是他悲劇了。

淳安王不怒反笑，脣邊的笑意彷彿能泛出冰渣兒，「這個女人是臣的側妃，如果皇上喜歡亂倫，請繼續。」

元皓當時就石化了……

——香菇……不是郡王王妃，而是六皇叔的側妃？！

寧子薰這才從皇上身上翻了下來，剛想逃走卻被皇上狠狠拉住。那雙狼目已顯霞霓之色，寧子薰張了張嘴，終是沒說出一句話。

然而，她心裡卻想著：也許趁現在有空應該先把遺言留一下……

皇上和淳安王的矛盾如此之深，那些刺殺淳安王的殺手……豈不是皇上派來的？而淳安王口中的「小王八蛋」就是皇上？

「大壞蛋」和「小王八蛋」這兩顆蛋互瞪了半天，「大壞蛋」突然轉身望向不知所措的沂王元濤，問：「那二皇姪你是來跟誰幽會的？」

沂王元濤長得更像母親趙太妃，沒有朱璃家男人身上的匪氣，秀靜文雅，風度翩翩。不過，此時他卻緊張得粉面緋紅，鼻尖上滲出汗珠。

「皇叔攝政王，微臣……不勝酒力，本欲逃到這裡躲避片刻，卻沒想到……驚了聖駕。」

淳安王彷彿根本忘記了旁邊那對「姦夫淫婦」，繼續說道：「聽說二皇姪在封地倒是威望日高，很得民心。」

沂王瀑布汗，忙道：「微臣向來不喜政治，一向以七皇叔為榜樣，立志研究醫藥。」

淳安王點點頭，瞇起眼睛說：「研究毒藥也是一門醫學……」

寧子薰只覺皇上身子一僵，目光十分複雜。

沂王元濤臉色突變，目光不由自主的瞟向皇上，忙解釋道：「因為要煉製解毒藥劑，自然要了解毒藥的毒性才可以解之。」

「哦，原來如此……」淳安王瞥向皇上，淡淡的說：「快要賞煙火了，臣先告退。皇上抓緊時間，別耽誤了時辰。」

說完，他拉著王嫪轉身走出桂花林。

沂王忙上前跪倒，泫然欲泣：「皇兄，千萬莫信攝政王的挑唆之詞。臣弟絕無二心，請皇兄明察！」

此時皇上早已換了副溫和的表情，微笑道：「父皇只有朕和皇弟兩個皇子，父皇駕崩前還囑咐朕要好好照顧皇弟，朕怎麼會不相信你？再說攝政王一向奸險狡詐，故意離間你我兄弟之情，朕怎麼會不知他的手段？皇弟放心，朕心中明白。」

沂王這才起身告辭而去。

望著他的背影，皇上那雙狼眸中閃過血色陰霾。

這下桂花林裡只剩下寧子薰和皇上，他咬牙道：「淳安王……側妃，妳是不是應該給朕個解釋？」

「是，皇上！」

就算是核桃腦仁，在緊急關頭也會發揮巨大的能量，在短短的四分之一炷香時間裡，寧子薰已想到了萬全之策，她咳了一聲，說：「其實，我在淳安王身邊也是有一些……迫不得已的原因。當然，皇上要不相信我也沒辦法。不過我可以發誓，我真的不是他的間諜！如果皇上不再追究剛才和以前發生的事情，我可以向皇上稟報一個重要的消息，關係到皇上和太后的安危！」

元皓微微皺眉，還稍顯稚嫩的俊臉露出將信將疑的表情。

寧子薰忙說：「如果消息不屬實，我願意承擔一切後果。」

元皓想了想，冷笑道：「且聽妳說說看！」

「那你先放開我行嗎？」雖然皇上的武力值超低，可怎麼說也是國家的領導者，她才沒敢甩開他的手。

元皓放開手，臉明顯呈鍋底色……

這個女人好像從來不知道什麼是君威皇權？跟他說話的架式竟然有點「平起平坐」的味道！於是他又記上淳安王一筆：縱容家婦藐視皇權！

寧子薰正經八百的解釋：「皇上，今日太后穿了一件沂王進貢的夜明珠禮服，那些夜明珠是用泡過磷光粉的螢石所製，螢石中含有放射性物質，對人體有害。有害物質會隨空氣進入人體，或附著於氣管黏膜及肺部表面，或溶入體液進入細胞組織，形成體內輻射，誘發肺癌、白血病和呼吸道病變……」

看著皇上瞪圓的眼睛，寧子薰感覺到他好像根本沒聽懂！好吧，她換種說法：「就是說沂王想要用那些摻了磷粉的假夜明珠毒害太后！因為毒性不明顯，連七王爺那樣的神醫都查不出來！剛才淳安王的話也證實了一點，就是沂王喜歡研究醫學，他可能已經掌握了用輻射和天然物質做毒劑！聯想到那些刺殺皇上所用的毒劍，我想……那次刺殺活動，沂王母子比淳安王有更大的嫌疑！」

元皓垂下眸子，其實剛才淳安王的話已讓他起了疑心。他是帝王，不能輕信任何人，誰都有可能為了這至高無上的皇位把他幹掉！如果他死了，沂王元濤就是先帝唯一的兒子。十歲稚齡就離開母親到沂州封地，原來那個怯弱膽小的男孩也可以成長為包藏野心的人！

他緩緩開口道：「朕記得妳曾說過想要找道行高深的人幫妳除去什麼晶片，如果朕幫妳找人去了晶片，妳得幫朕把沂王的事情調查清楚！」

「呃？你不是答應幫我免費找的嗎？怎麼還附加條件？」寧子薰不幹了，當皇帝的還占別人便宜！

元皓挑眉道：「妳今天讓朕擺了大烏龍，還欺騙朕。朕沒治妳欺君之罪已經不錯了，還敢講條件？」

寧子薰頓時無語了……沒有民主害死人，跟皇帝講條件，她的確是自找麻煩！

「是，皇上……」她無精打采的回道。真是未出虎穴又陷狼窩，頭上的三座大山什麼時候才能解脫啊？

就在這時，夜風吹過，金黃色的桂花打著旋兒從空中掉落下來，正好落在寧子薰的眉心上，倒像是貼上去的額花。

元皓看著她不由得怔忡，又想到那夜在山上出水芙蓉般的畫面。

寧子薰也發現了額頭上多了點東西，輕輕一搖頭，那花朵掉落下來。

元皓掩飾般的咳了一聲，轉移話題道：「既然妳說那夜明珠有毒，就給朕找出證據，一會兒出宮朕會想辦法偷一顆。七皇叔還住在淳安王府吧？妳去找機會驗證清楚！再有任務朕會……寫紙上壓在山腳下那棵歪脖松樹下的大石頭底下！」

這話是她曾經對皇上說的，這回他又反擊回來……皇帝陛下真是小心眼！

這時，雷鳴般的巨響把他們的注意力吸引過去，夜空綻放著絢爛的煙花，一朵一朵布滿黑色的天幕，原來他已錯過了登臺觀賞煙花的時間。不過也無妨，自然會有人解釋他不在的理由。

寧子薰呆呆的仰著頭望向天空，煙火的光亮把那雙清澈明亮的眼睛襯得更加生動。

坐在觀景臺左首的淳安王依然一襲黑衣，像是隱在黑夜中的猛獸一動不動。當煙花升空之時，突然閃耀的光芒照亮那張俊美無儔的面孔，才能看清他的表情冷峻，彷彿在等待著什麼似的。

而不遠處另一座高臺上，輕紗圍幕中可以隱約看到許多女子身影，太后率皇族女眷們在那裡觀煙花。

只見暗處不知何時悄然立著一個人，他趁著夜色，不露痕跡的走到淳安王身邊低聲在他耳朵道：「皇上身邊的暗衛分為兩隊已經出京，方向是沂州和毒龍教。」

淳安王這才露出一絲冷笑，揮手讓那人退下。

——小王八蛋，倒也不笨！聯想到沂王與毒龍教是什麼關係了……不知道他是不是正躲在被窩裡懊悔找毒龍教當殺手，結果自己差點被毒龍教殺了！

這時，對面高臺有幾個女子走下來，原來是趙太妃告假先行出宮了。她走得有些匆忙，不知是不是有意，還抬頭看了一眼這邊的高臺。

淳安王嘴角凝起一絲笑意，忽然想起幾年前，這個女人在離開京城前曾來到淳安王府，想要勸說他廢了元皓，立元濤為帝，理由是元皓和太后恨他，早晚會置他於死地。而擁立年紀更小的元濤，她願意把大齊的三分之一分給他。

他當時只說了一句：「兵權在本王手中，如果本王樂意，現在就可以廢了元皓自立為帝，幹嘛要分給你們母子三分之二？」

當時趙太妃的表情可真是精采！

淳安王微微一笑，舉起桌上金杯，向她致意。

樓下的趙太妃不知有沒有看到，反正步伐更是倉促，轉眼消失在黑暗中。

直到快出宮，雲初晴也沒見到寧側妃，正在焦急中，卻看到淳安王「拎」著寧子薰來到宮門口。王嫣則悄悄的上了自己的馬車，彷彿一切都與她無關。

淳安王冷冷的說：「妳先上車，寧側妃跟本王同車。本王得教教她怎樣在宮中不『迷路』！」

說完，他轉身上了自己的馬車，垂頭喪氣的寧子薰灰溜溜的跟著爬上了馬車。

雲初晴不由得咬碎銀牙：這麼長時間哪裡是去如廁，分明又趁機去勾引王爺了！這哪裡是傻子，分明都成了狐狸精了！

看著王爺的馬車絕塵而去，更深露重，一陣寒風吹透羅衣浸入肌膚，雲初晴呆呆的望著黑暗深處，輕嘆了口氣……

原來，她一直都被寧子薰踩在腳下，無論是傻前還是傻後。

◎※※※◎※※※◎※※※◎

奢靡饗宴終須散盡，街上瀰漫著一股濃濃的硝磺之氣。

清冷的街道上只聽見馬蹄發出清脆的聲音，淳安王閉著眼倚在軟靠上沉默無語，寧子薰窩在角落裡讓自己盡量顯得不起眼一點。

看多了這個時代的法律知識，她再也不能「勇者無懼」了。她知道這種與法定丈夫以外的男人發生關係會得到什麼後果，這個時代對女性的容忍度簡直為零！如果淳安王願意，甚至可以把她裝進竹籠裡放在水中泡……雖然她不太明白古代人類為何要發明這麼沒水準的死法。

馬車終於到了淳安王府，僕從們提燈打簾，搬木凳恭請王爺回府。

淳安王只是冷冷的對馬公公說：「去斑淚館！」

「是！」馬公公神情複雜的看了一眼蔫在一旁的寧子薰，取來燈籠親自為他們引路。

小瑜看著淳安王掛著冰渣的臉和寧子薰懼禍的表情，也不由得擔心的看著她，不知她又惹了什麼禍事。

「你們都出去！」淳安王喝令道。

小瑜無法，只好隨著眾人退出房間，只留下他們兩人。

幽暗的燭光把房間暈染上一層深深的黃色，淳安王坐在陰影中目光沉沉的看著寧子薰。昏黃的光線為他那冷峻的面容鍍上一層妖異的美。

就連寧子薰都不得不承認，淳安王的五官精美得像是雕塑出來的完美人類範本。

「過來……」淳安王向她伸出手。

不敢又不得不靠過去，寧子薰縮頭縮腦的樣子比阿喵犯了錯誤還膽怯。

淳安王用力一拉，寧子薰的頭撞在他的胸口，撞得他呼吸一窒。

他的確生氣了，尤其是看到他家的笨貓跑過界，到別人的地盤溜達！

他努力壓抑這種感覺，捏住她的下巴逼她抬起頭，與他的目光相對。

那雙深邃漆黑的眸子中似乎潛伏著一隻野獸，隱隱的透著殘忍嗜殺的衝動，被那層寒冰封鎖在深處。無人敢挑戰他的怒意，釋放潛伏在他心中那狡詐而凶殘的野獸。挑戰他底線的人，都已被他從這個世界上抹殺了！

他用這樣凶狠的目光俯視這個女人，原以為她會顫慄，結果她卻只是瞪大了眼睛看著他；他想從她的眸子中看出一絲端倪，結果只看到茫然無措，像隻傻傻的貓，根本不懂主人為何發怒。

淳安王冷嗤道：「這麼平凡的臉，本王實在看不出妳哪裡有魅力能吸引皇上的注意！」

寧子薰只覺得被他手捏著的下巴有些疼，想甩開卻被他更狠的禁錮住。她感到有些氣悶，皺著眉頭說：「難道王爺看不出來皇上是故意激怒你嗎？」

「本王怎能不知？不過本王心中還是有些不舒服，畢竟再傻也是自己家養的寵物。說實話，本王還是很喜歡看貓娘……」他挑了挑眉，「吃鹹魚的！」

寧子薰忍住翻白眼的衝動，說：「王爺不喜歡貓娘是因為時代侷限了王爺的思想！這個時代都喜歡王嫣那種風情萬種的大美人，可是我保證再過幾百年，貓娘一定會非常流行！所有男人都會喜歡貓娘這種可愛萌的味道！」

淳安王硬生生被她氣樂了，原本的怒意減了七分，他的手指由捏改成撫摸，劃過寧子薰的臉蛋。不得不承認，這柔滑嬌嫩的皮膚手感倒是不錯。他瞇著眼道：「妳是說幾百年後的男人不喜歡美人，卻喜歡貓娘？」

寧子薰很肯定的點點頭，事實已經證明了，萌系可愛流在人類二十一世紀可是宅男的主攻類型喲！

看著她篤定的神情，淳安王皺眉道：「萌是什麼意思？」

「就是……很可愛的意思！」寧子薰擺了個貓娘的經典造型，手握成小爪子，像貓咪一樣衝他擺了個招財貓的樣子。

淳安王不知道萌是什麼意思，可此時一股衝動卻讓他難以抑制，眼前這隻「貓」的確可愛得讓他想抱在懷裡狠狠「蹂躪」一番！

該死的睿景！喜歡貓這唯一的弱點就這樣被他出賣給這個白痴！

他抓住她正在「招財」的手，往懷裡一拉，嘴準確的噙住她的唇瓣……她的唇很冰，不過卻有點淡淡的薄荷香味。他故意用溫柔的挑逗來折磨寧子薰這個生手，一點一點的試探和占領。

他的舌尖在她的唇齒之間梭巡，讓她有一種說不出的新奇感：原來人類接吻也可以這樣……身體似乎有種酥酥麻麻的感覺在亂竄，陌生但很舒服。

她也試著學習和探索，用她自己的感受來回應。

不過淳安王的「領地」可不是那麼好侵犯，他感覺到小寵物張牙舞爪、躍躍欲試，這種稚嫩生澀的「勾引」讓他突然想到了溫泉池中……

他猛地推開她，冷冷的說：「萌的味道……也不怎麼樣！」

寧子薰舔了舔被吻得紅腫的唇，實在不能理解人類男性怎麼都是些喜怒無常的生物？

可是這不經意的小動作卻讓淳安王的心猛地跳了幾下。

淳安王瞇起眼睛，用駭人的目光盯著寧子薰，說：「也許妳是對的，『萌』這種武器妳的確拿手！本王交代妳一個任務……」

——又是任務？

她不禁哀號。

只見淳安王說道：「本王要妳……勾引皇上！」

——哎？！不會吧？

寧子薰瞪大了眼睛，搞政治的人果然都不是好東西！

太后的任務是要她偷兵符，幹掉淳安王；皇帝的任務是要她找證據，幹掉沂王；淳安王交代的任務是……不會是讓她幹掉皇上吧？

My Zombie Princess

第6章

一不小心進化了

淳安王瞇著眼說：「也許天下有很多女人比妳嫵媚、比妳美豔、比妳有智慧、比妳有手段，可是這樣的女人後宮遍地都是，皇上從小就見過太多了，沒有一個能引起他的興趣。只有妳所說的『萌』是他沒有見識過的，所以他會被妳吸引。妳可以勾引皇上，讓他喜歡上妳，然後再無情的甩了他！」

寧子薰一拍大腿，「我明白了，王爺是想讓我幹掉皇上吧？」

淳安王捏住她的手腕，用力。他說道：「能決定皇上生死的人，除了老天，就是本王！如果妳敢傷他一根毫毛，本王就把妳做成肉乾，天天餵給阿喵吃！」

寧子薰一陣風中凌亂，覺得淳安王越發變態，更是摸不清他要幹什麼，於是問道：「求王爺指條明路，你究竟要我幹什麼呀？」

「讓皇上不再對妳這種類型的女子動心，身為帝王，不能對江山以外的東西痴迷，包括女人！」

看著淳安王恨鐵不成鋼的樣子，寧子薰扶額：王爺呀，你不覺得教育方法太殘暴了嗎？

寧子薰覺得自己實在很苦命，自從來到這個世界，似乎每個人類都在派任務給她。她的夢想彷彿離她越來越遠，每天的工作就是做任務升級，升級做任務……

此時，淳安王早已整衣起身，又恢復了那冰冷的氣度。

「恭送王爺！」寧子薰迫不及待的施禮。

淳安王瞇起眼睛，表情甚是不悅，他伸手把她禁錮在懷中，低聲說：「若是讓本王知道妳對本王不忠，妳就死定了！」

說完，他一放手，轉身出門，黑色衣襬被夜風捲起，像是惡魔的翅膀。

看著他融入黑暗的夜色中，寧子薰才鬆了口氣。再一轉身，小瑜正站在她面前，眼中滿是擔憂。

「他沒有為難妳吧？」小瑜輕聲問。

寧子薰搖搖頭，為難的事太多，自從來到這個世界就一直都在為難中……

小瑜突然看到她紅腫的唇，不由得眉峰聚了起來，沉聲問道：「妳的嘴怎麼了？」

「沒……沒什麼！」寧子薰下意識的捂住。

小瑜咬脣，從袖中掏出木偶……然後，就不用再說了。

他輕輕撫摸著寧子薰紅腫的唇，聲音有些異樣：「他親妳了？」

雖然不能動，寧子薰還是心虛的把目光移向左下方。

──唉，雖然沒說話，可小殭妳的肢體語言已經說明一切了！

小琉攥緊了拳頭。他的心十分不舒服，彷彿有一團火在燃燒，炙烤得讓他難以承受！

看著那紅腫的唇，他伸手從袖中拿出絲帕，用力擦了幾下，結果嘴紅得更厲害了……他想要拚命抹去淳安王留下的痕跡。

寧子薰像具木偶娃娃，不能動彈，可看向他的目光卻越發哀憐。看著寧子薰可憐兮兮的表情，他心中一軟，情不自禁的貼上了去……

小琉……竟然主動吻她！寧子薰驚呆了。

他紅了臉，抿了抿嘴唇說：「消毒！」

哎喲～你這不是消毒，分明是和淳安王間接接吻！寧子薰在心中小聲吶喊。

直到兩個時辰後，小琉才解開她的封印，說道：「天晚了，睡吧！」

「對不起……」寧子薰覺得身體終於能自由活動了，忙向小琉道歉。

小瑜嘆了口氣，「不是妳的錯，我知道妳不能反抗他。畢竟名義上，妳是他的側妃。」

「不是啦，跟淳安王親過我才知道，原來接吻不用使那麼大勁啃！以前讓你的嘴受傷了，以後我就有經驗了……」

——哎？你的眼神怎麼好像要殺殭屍？

寧子薰愣住。

小瑜衝出房去，砰的一聲把門關上，只留下錯愕不已的寧子薰。

「人類男性真是喜怒無常的生物啊！」殭屍寧子薰睜著眼睛怎麼都想不明白。

◎※※※◎※※※◎※※※◎

深宮重重，那朱紅色的宮牆在黑暗中總會讓元皓感覺到血腥的氣息，那是無數角逐權勢的失敗者用鮮血染紅的，而勝利者死後都會把自己的牌位和畫像留在帝廟中供人祭拜瞻仰。

既然站在權力的巔峰，他就要堅持到最後一秒，絕對不會把權力拱手讓人！

不知不覺，元皓已走到了寧泰殿，宮女們躬身迎候，引著他走入太后寢殿。

經過這一天的折騰，太后面帶疲憊，卸下殘妝的她顯得清柔似水，沒有往日那般華美凌厲，一旁衣架上搭著那件絢爛的夜明珠禮服，鳳榻邊還放著那盞夜明燈……看來太后是真心喜歡那綴在衣服上大大小小錯落如滾在荷葉上的水滴般的夜明珠。

屏退所有宮女，元皓把對趙太妃母子的猜測稟報一遍。

太后聞聽後凝起鳳目，再看那夜明珠禮服，不由得大怒，咬牙道：「趙惜柔，過了這麼多年，妳終於露出狐狸尾巴了！」

長長的蔻丹扯破錦衣，夜明燈摔到地上，圓圓的珠子滾落一地……

許多年前，竺凌羽以南虞和親公主的身分嫁給先帝朱璃臨瓊，那時的先帝還只是妃嬪所生的長皇子。雖然是長子，身分卻低於皇后所生的二皇子朱璃禹光。

立儲之爭向來是宮中最慘烈的戰爭，它決定的不僅僅是皇子的命運，也是未來國家的命運。成祖一直在雅重的大皇子和勇烈的二皇子之間搖擺不定，而朝中的勢利風起雲湧，二皇子背後是皇后娘家的外戚支持，大皇子的支持者只有本朝一些溫和派人物，再加上皇后的咄咄逼人，她的身分又是敵國公主，那段歲月真是過得尤為艱難！

可她還是撐了過來，憑著她的智慧和謀略，助朱璃臨瓊登上帝位。但是，命運永遠不給她喘息的機會，遲遲不能生下皇嗣，是她最大的弱點。

那時，她天真的以為朱璃臨瓊是愛她的。他們也曾像許多相愛的人一樣，傻傻的許下「願得一人心，白首不相離」的誓言。朱璃臨瓊的溫柔和深情撫慰了她去國離鄉的苦痛，她也覺得上天待她不薄，賜給她這樣一個愛她的男人。

可是從他當上皇帝開始，一切都慢慢的改變了……

因為沒有子嗣，他便開始頻頻走動到其他女人的宮中，早已不記得他們的誓言。

是她太天真了，帝王怎麼可能有真心？他的心早已給了天下！

雖然當上皇后，可她卻更加不安，怕那些妃嬪有了子嗣，會把她的后位搶走。於是，她開始在後宮弄手段，使不少妃嬪不能懷孕。趙惜柔就是那條忠心耿耿的獵狗，她不用手染鮮血，獵狗會去替她解決獵物。

過了這麼多年她總在想，朱璃臨瓊到底知不知道她所做的一切？也許他是知道的吧，後宮一直都無皇子誕生……所以他才寵幸了元皓的生母，那個默默無名的崔女官，卻從未留下侍寢的記錄，確定她懷了身孕又秘密轉移到宮外，直到生了皇長子，才進宮來封為容嬪。

朱璃臨瓊把那個柔軟而脆弱的嬰兒交到她手上，輕聲說道：「從今天起，妳就是他的母后了。」

她不知道是應該恨這個男人，還是該感謝這個男人……她知道，這個嬰兒解除了她無嗣的壓力，可他也親手把他們曾經的誓言敲得粉碎。

她覺得自己是最不應該生存在後宮中的，因為她愛一個人，就會愛得熾烈如火，愛到只能獨自霸占。可是命運卻偏偏讓她生於帝王家，嫁於帝王家。於是，她的命運始終是個悲劇。她曾兩次愛上男人，結果……只是淪為他們的工具！

那個小小的嬰兒，長著雙狼一樣讓人害怕和討厭的眸子，像他的父親。而鼻子和嘴唇長得又很像他的母親崔容嬪……每當看到這個孩子，她都有掐死他的衝動！

崔容嬪似乎早就知道自己的命運，在與竺凌羽做了一次深談後，服藥自盡了。她說：「作為工具，我完成了自己的使命，我只求皇后娘娘善待這個孩子，因為他是皇上深愛娘娘的證明！」

除了冷笑，她真不知回什麼表情。

「深愛」？他早忘記她曾陪他走過的那些艱辛日子，共同面對敵人，共同經歷生死，還有他曾對她許諾的真心！什麼萬千寵愛集於一身，什麼此生永不相負……最終，他還是不能相信她，在病情病體沉痾之際，把權力交給了自己的親弟弟淳安王。

三十五歲生辰……仔細一算真是嚇人，原來她都已經如此老了！難怪趙惜柔都忍不住動手了！

她抬起眼，看著那雙讓她又愛又恨的狼眸，微笑道：「趙惜柔狡詐謹慎，今天淳安王的話傳到她耳中，哀家保證，明天她就會告辭逃回封地。」

「在證據未收集完之前，絕對不能放他們回沂州！」元皓皺眉說道。

她脣邊凝起一縷笑意：「皇上放心，擋在前面的絆腳石，哀家會一個個為你清除！」

元皓端端正正的行了個大禮，說道：「兒臣能當皇上，全憑母后支持。可是這次……兒臣要親手解決！」

那像狼一樣狠絕的目光，讓她心中一凜：他越來越像先帝了！不想再看到這雙眼睛，她皺眉揮揮手，不耐道：「皇上大了，有自己的主意。那母后就拭目以待了。已是深夜，皇上也去休息吧。」

「兒臣告退。」元皓退出寧泰殿。

竺凌羽裹緊身上的氅衣，卻還是不能抑制身體的顫抖，望著空曠的殿宇，無盡孤寂和寒冷才是她永恆的伴侶……

◎※※※◎※※※◎※※※◎

夜冷如水，元皓踏著月色清輝慢慢走向自己的斐宸宮，六順在前面拿著八角宮燈引路，後面默默的跟著一群宮女和太監。

燈光就像黑夜中的螢火蟲，忽明忽暗的閃著。元皓的腳步突然一頓停了下來，他似乎想到了什麼事情，面色愈加凝重，原本漆黑的眸子漸漸顯出虹霓之色。六順看到忍不住打了個寒顫，他知道小皇帝一發怒時，眼睛就會化為紅色。

民間都傳說北方馬賊稱帝的朱璃氏是蒼狼神的後裔，所以眼睛是紅色的。不知是真是假，反正小皇帝眼睛一湧出這種顏色必然是在狂怒中！他手一抖，宮燈中的蠟燭一歪滅掉了。這下皇帝前方的路陷入一片黑暗，六順嚇得慌忙跪倒在地，「奴……奴才有罪！」

結果小皇帝卻未對他發怒，反倒平靜的說：「跪在這裡擋路幹嘛？還不快起來，前面不遠就到了，不用點燈。」

六順兢兢戰戰的在前面引路，一直回到斐宸宮。

小皇帝對武修說：「你悄悄把當值的禁軍頭領叫來，朕有事要問。一定不能讓任何人看見！」

武修點頭，領旨而出。一盞茶工夫他就把當值的頭領穆賢普領到後殿耳室內，才悄悄回到殿內稟報皇上。

元皓披上玄色披風來到後殿，武修就站在門口守著。

穆賢普忙跪下見禮，皇上擺擺手，低聲問：「今夜何人守瓊華島廣寒殿西桂花林？」

穆賢普不知皇上為何突然問這事，低頭思索，回道：「是席治。」

元皓閉上眼睛，揮揮手，說：「沒事了，你退下吧。」

穆賢普滿腹疑惑，雖然席治是皇上的心腹，不過因為編制是禁軍，每個月有幾天都要值夜。穆賢普並不敢安排過多的工作，只讓他應名負責守某個地方，去不去都行，反正站崗巡邏的還不是手下禁軍？但皇上怎麼突然問起這個來？他不敢打聽，只得唯唯而退。

席治和武修一樣從小跟在元皓身邊，是元皓信得過的人，卻沒想到原來竟然是他！

元皓已對皇弟元濤起了疑心，就在剛才，他突然想到一個問題，也許那夜在佛樂山襲擊他的殺手並不是攝政王派來的，而是……元濤！他到桂花林去與何人相會，這就是問題的關鍵！

元皓邁步出了耳室，對武修說：「把席治抓起來！」

武修面色一僵，驚異的問：「難道……是他？」

元皓點點頭，面色愈加冷峻。

看來攝政王說得對，最想要他命的，往往是最親近的人！

不一時，武修就把席治綁了來。武修的表情十分沉重，畢竟他們倆這麼多年來都一同保護皇上，情同兄弟，突然有一天兄弟變成敵人，他很難接受。

在斐宸宮的密室中，元皓看到席治臉上都是傷痕，嘴脣還有血跡。他知道一定是武修打的，只不過武修的心疼更多於憤怒！

「你從何時跟趙太妃接觸上的？是她還在宮中之時嗎？」元皓冷冷問道。

席治垂下頭，什麼都不肯說。

元皓瞇起眼睛衝左右黑衣蒙面的蠱使點了點頭，那兩個蠱使拿出一個血盆，裡面用牛血培養著毒性剛猛無比的嗜魂血蠱。牠們可以瘋狂的啃噬人體的血肉，卻不至於讓人馬上死去，超過人類承受極限的疼痛該是何等滋味啊！

席治的臉色慘白如紙，汗順著面頰流了下來。他看得出這兩個人是苗疆人，他們都是用蠱的高手……

蠱使用刀劃開他的手臂，鮮血汩汩而出，另外一人端著血蠱來到他跟前，把兩隻白色米粒般的小蟲子放到他的傷口處。兩隻小蟲見血便鑽，席治一聲淒厲的號叫，若不是密室，只怕整個皇宮都能聽到他的慘叫聲。他的兩眼布滿血絲，如果不是被牢牢的綁著，只怕已經用頭撞牆求死了！

席治咬牙道：「我……招了！」

他還是小看了皇上，朱璃氏的血脈中天生帶著嗜血和殘忍！小小年紀就有如此手段，跟了他這麼多年，都不知道他有蠱使！以為他還是孩子，卻沒想到已是隻長出獠牙的小狼了！

元皓輕輕點了點頭，蠱使用刀狠狠一剜，把臂上的肉連同血蠱一同剜掉。席治卻未掙扎，因為這種疼比起血蠱來還差一些。

蠱使將止血藥灑在他的傷口，然後用白布包上。

席治滿頭都是汗水，虛弱的癱在地上，眼前模糊一片，只能看到那抹明黃依然在眼前浮動。好半天，他才恢復了意識，緩緩開口：「我是南虞人，那些身世都是假造的。從七歲開始就被訓練成死士。趙賢妃一直都在培養我們，在我十歲時，她把我派到禁衛軍預備隊中，因為身手出色被選為先帝的暗衛後備隊。再後來，皇上親自選了我和武修為暗衛頭領，事實就是這樣！我是趙賢妃的死士……」

「趙賢妃還有多少死士混跡在禁軍中？」元皓問道。

席治抬起頭，看著他說：「我可以交代，只求死個痛快！」

「你有什麼資格跟朕講條件？若不是你，在佛樂山的那些暗衛就不會死，連朕也差點死了！再說朕還不想殺你，把你所知道的都交代出來，否則讓你比剛才更痛苦一萬倍！」元皓站起身來，對蠱使說：「你們給朕好好審，明天朕要見到最詳細的叛徒名單！」

「是！」蠱使應答。

元皓拂袖而起，卻看到武修在發呆，他冷冷的說：「還不快走！」

武修只得隨皇上走出密室，遠遠的聽到一聲更加淒厲的慘叫，他咬住脣加快了步伐。

◎※※※◎※※※◎※※※◎

聽到兒子元濤所敘述的事情後，趙太妃臉色蒼白緊抿嘴脣。

淳安王……這個男人她始終看不透！明明與太后不和，全天下都在猜測他什麼時候篡位，他卻遲遲不動手，是在等待什麼？但此刻擺在她面前的事實卻是——淳安王想挑撥她和太后的關係！暴露她的野心和陰謀！

不過……只要是人就會有弱點，她一定要在短時間內找到他的弱點！

而元濤卻已心驚膽顫如驚弓之鳥，擔心的說：「不知皇上是否起了疑心，萬一他懷疑了……母妃，咱們該怎麼辦？」

看著兒子怯弱的樣子，趙太妃不禁皺眉：這孩子就是太文靜了，沒有一點朱璃氏的張揚跋扈之氣！

「慌什麼？單憑淳安王的話，無憑無據怎麼可能馬上抓咱們？越是這個時候越要穩住，如果稍微露出一點心虛，就會被敵人抓住！你要學的還很多，不要怪母妃心狠，讓你經歷如此殘酷爭鬥。如果不是這樣，你永遠不能學會如何當一匹狼！」

元濤緊咬住脣，用力點點頭，說：「母妃，孩兒明白了！」

趙太妃低頭皺眉想了想，說：「還是要試試太后的態度……」

第二天，趙太妃便以「外臣不宜在京逗留」為由，請辭要回封地。

太后親切的握著趙太妃的手閒聊，看上去比親生姐妹還親。太后說：「好不容易回京城一次，別這麼快就走。昨兒哀家還在想，妹妹所託之事一定要辦好，今天已下了懿旨命人在三公五卿各大朝臣家選取適齡女子，繪製圖畫送進宮來讓妹妹好生挑選，把濤兒的大事定下來才好。」

趙太妃含笑起身謝恩，面色看不出一絲異樣。畢竟曾在宮中多年，就算過再安逸的生活，宮鬥的手段還是不會生疏。

「太后娘娘對臣妾和濤兒真是恩澤浩蕩，臣妾銘感於心。只是皇上還未選妃，濤兒怎好僭越？太后先幫著留意，等濤兒再大些就可以賜婚了。」

太后微笑道：「皇上的婚事要與攝政王商議，可沂王卻不用，況且懿旨已經發出去了，京城裡名門貴胄都知道哀家要為沂王選妃。沂王生得又好，哀家又喜歡，許多人家都躍躍欲試呢。若沂王此時離京，哀家只怕不能給眾人交代了。」

趙太妃的眼中閃過一絲慌亂，不過很快就消逝了。她低下頭說：「那臣妾就替濤兒多謝太后美意了。」

太后還提起讓沂王和她進宮住幾天，趙太妃態度堅決的婉拒，表示不能僭越，因為沂王畢竟是有分封的親王，應召回京按規矩也只能住在為皇族準備的行宮。太后沒有太堅持，又聊了幾句閒話後，趙太妃告辭出宮。

剛出宮門，趙太妃的臉馬上沉了下來——看來還是被懷疑了！

回到行宮，她急命跟隨的心腹聯繫那些她多年來暗中培養在京城的力量。不過派出去的人帶回來的卻都是讓她心驚肉跳的消息……

她埋在京中的力量多半都在禁軍和京衛營，可是當她的心腹前去拜謁，那些人不是突然得了重病臥床不起，就是被調離京中到偏遠地區，還有乾脆閉門不見的……這簡直是不可思議！就連對她最忠心耿耿的席治都「被皇上派去執行秘密任務不知何時返京」，趙太妃頓時覺得渾身的血液都涼了！

元濤看著母妃，驚恐的說：「咱們還是逃出京城吧！」

趙太妃冷笑一聲，「逃到哪裡去？普天之下莫非王土，率土之濱莫非王臣。再逃也逃不出大齊的土地，況且這一逃便坐實了逆賊之名！以沂州平原之地如何能抵擋全國兵軍？既然決定要背叛，就乾脆拚了命試一試，也許能置之死地而後生！」

「母妃！？」元濤驚呼。

趙太妃捂住他的嘴，在他耳邊輕聲說：「最後一課……母妃要教你學會如何殺戮你的敵人！」

映在牆上的燭火輕輕跳了兩下，爆出一個蠟花兒來……

京中盛傳此次沂王選妃盛況空前，畢竟是皇帝唯一的弟弟，沂王這塊金字招牌就夠許多人趨之若鶩了。

◎※※※◎※※※◎※※※◎

寧子薰一大清早就拿著假夜明珠到七王爺那裡去驗證，七王爺聽了寧子薰的理論也不由得驚訝，因為他還真沒聽說過寧子薰口中的「輻射」這種病。

但寧子薰堅持說這種石頭是對人體有傷害的，七王爺思索半天，才說道：「那只有到這種石頭的產地去驗證一下，如果經常接觸這種石料的人容易患妳所說的疾病，就側面印證了這種石料的確會對人有傷害。」

因為這是一項新發現的病症，七王爺不等寧子薰請求，便主動提出讓自己手下的藥師去離京城最近的產地松崗驗證。

大概只過了兩天，藥師回來覆命，說雖然採石的石工有寧子薰所說的症狀，但也不能證明一定是這種石頭造成的。

說白了就是——古代科技不發達，根本驗證不了「輻射」的存在。

沒完成皇上交代的任務，寧子薰很憂鬱。第二天晚上去佛樂山修煉前，她蹲在黑暗處用畫眉的螺黛寫了封信，告訴小皇帝任務失敗了，然後厚顏無恥的請求調換難度低的任務以交換晶片。

她不是「特種屍兵團」，她只不過是個偵察連小隊長，這種難度在E級以上的科學研究工作她真的幹不來！

她把信摺好放在懷中，準備壓在松樹下的大石頭底部。結果來到山下，卻看到一個黑衣人坐在巨石上做羅丹雕刻的「思考者」狀，看似很發愁的樣子。

寧子薰走過去，說：「喂，大叔，請你讓一下，我要用這塊石頭！」

「妳……妳要幹嘛？」那黑衣的惆悵者戒備的抽出腰刀。

寧子薰不理他，走到比她還高的巨石前，用力一抬，巨石發出轟響，長在上面的青苔藤蘿都掉落下來。然後，寧子薰把寫好的信輕輕放在下面，鬆開手，巨石轟的一聲砸了下來。

那黑衣人驚呆了，嘴巴半天沒有合上，直到寧子薰要走，才衝了過去攔住她劈頭蓋臉的吼道：「妳就是那個告訴皇上要把信放在巨石下面的人？這顆石頭是人能抬動的嗎？」

「呃……我不是怕別人把信偷走嗎！所以用大一點的石頭壓住。」寧子薰撓撓頭乾笑。

寧子薰又抬起大石頭，把信取了出來遞給黑衣人：「正好你來了，請交給皇上。」

黑衣人也取出一封信對她說：「妳還是親自交吧！」

寧子薰在黑暗中，不用任何光線就看清楚了上面寫著：速到皇宮，朕要見妳。

——真是個任性的傢伙！

黑衣人說：「姑娘跟緊我，我會放慢點速度。」

「嗯。」寧子薰聲音未完，人早已衝了出去。

黑衣人很是後悔自己所說的話，他玩了命的用輕功都沒趕上。

寧子薰在宮牆外的古樹上等了半個時辰，黑衣人才趕到，累得直喘粗氣。

憑著腰上的牙牌，黑衣人帶著寧子薰進了大內。先到一處淨室更換了宮女服飾才進了內廷，這樣讓她不會太顯眼。

一路來到斐宸宮，小皇帝元皓正在等她。因天氣微寒，他已換下紗衣，穿了一身明黃色的羅袍，流雲滾邊，當然還有無處不在的「蜥蜴」紋。因為剛剛飲了點酒，他面頰泛起桃花，那雙狼目也顯得格外柔和。

看著寧子薰一身宮女服飾，他揮揮手，屏退了其他人，彎起嘴角笑道：「這身衣服很適合妳，若能天天看到妳穿這身衣服在朕身邊，倒也是件賞心悅目的事。」

帽子變綠對於淳安王恐怕就不是那麼「賞心悅目」了吧……

寧子薰低下頭，作懺悔狀：「對不起皇上，我沒能完成任務。輻射要用時間和試驗來證明，短時間內恐怕還不行。」

皇上卻沒有想像中的惱怒，而是眼中極有深意的盯著她說道：「朕早就派人去收集其他證據了，派給妳任務，只不過是朕想找理由能再次見到妳！」

寧子薰只是靜靜的看著他，並無一般女子或是嬌羞或是惱怒的表情。她似乎是很努力的思索了半天，才說：「皇上想見我並不是真的喜歡我，而是因為我是淳安王的女人，對吧？只要涉及淳安王的事情，皇上都會變得很極端。」

似乎是被猜到了心事，小皇帝的臉因薄怒而更加緋紅，「朕是真心的！朕還從未對哪個女人說過這樣的話！朕知道，一定是七皇叔用『晶片』威脅妳，所以妳才留在他身邊的。妳放心，朕會找到玉虛道長和雲隱子幫妳把晶片除掉，這樣妳就可以離開他了！留在朕身邊，朕會比他待妳更好！」

「呃……你是想讓我再升一級，當皇妃？」寧子薰側頭，目光迷惑。

元皓臉色一僵，說道：「雖然朕給不了妳名分，可朕會在佛樂山上為妳修一座別苑，需要什麼朕都會滿足妳的，留在朕身邊好嗎？」

她是喜歡自由，可她不喜歡跟任何人分享自由。這些人類為了權力爭鬥跟她有什麼關係？不過為了除去腦子裡的晶片，她還是得違心的欺騙小皇帝。更何況淳安王還交代給她一個變態的任務：勾引皇上，再甩了他！

「嗯……」她點點頭。

雖然有點良心不安，可她也是被逼的，誰讓小皇帝這麼命苦有淳安王這個渾蛋皇叔呢？

元皓見她答應，欣喜若狂上前抱住了寧子薰。

寧子薰乖乖的在他懷中沒動，問道：「那什麼時候能找到你說的世外高人？」

「玉虛道長去雲遊了，仙蹤縹緲，朕已派人去四處打探，或許不在大齊也說不定。至於雲隱子，他閉關多年，有人傳說他已解屍升仙而去了。沒有人能登上靈臺峰，那裡是靈仙派的禁地，所以，希望還是寄予雲遊去的玉虛道長更切實些。」

My Zombie Princess

第9章

小狼的第一次獵殺

這時，外面突然傳來陣陣雷聲。一道電光穿透烏雲落了下來，雷聲滾滾，暴雨傾盆。

元皓不由得蹙起眉頭，「最討厭這種天氣，去年暴雨不僅澆壞了不少秋糧，雷電還把廣聚殿劈著火了！」

「為什麼不安避雷針？這樣可以防止雷雨天氣引起的火災。」寧子薰問。

「避雷針……是什麼東西？」元皓瞇起眼睛反問道。

這種裝置在人類的建築上都能看到，原理也很簡單。寧子薰說：「就是在宮殿頂端安裝一根金屬棒，用金屬線與埋在地下的一塊金屬板連接起來，把電流引入地下，就不會讓建築遭雷擊了。」

「這樣做宮殿就不會被天火燒毀了？」元皓聽後十分興奮。

「嗯，當然。」寧子薰很肯定的點點頭。

元皓用審視的目光看著她，說：「妳到底是什麼人？能看出夜明珠的玄機，又懂得許多神奇的異術，還能殺死白毛殭屍？朕知道，妳絕對不是『死而復生』的寧家大小姐，難道……妳是修仙之人？」

他突然想起小時候宮女講給他聽的故事，說有個美麗的仙女在人間沐浴，然後被一個牧人看到，牧人把仙女的霞衣偷走，仙女沒有霞衣便不能飛上天空，只好跟牧人生活在一起。他覺得寧子薰的「霞衣」一定捏在淳安王手中，如果他能把「霞衣」搶過來，就可以讓寧子薰永遠留在他身邊了，而這「霞衣」——就是「晶片」！

「呃……快五更天了，我得回去。」寧子薰有點心虛。

「外面的雷雨這麼大，還是別走了！」元皓緊拉住她的手，擔憂的說。

「沒關係，被雷擊中的機率是四百萬分之一，我哪有那麼倒楣！」寧子薰毫不在乎的說。果然說什麼來什麼，剛走下玉階，一道雷電劈了下來，正好落在寧子薰頭上，她立刻被一團電光包裹其中！

元皓嚇得臉都白了，忙衝了過去。

只見寧子薰趴在地上，身上的衣服早已成了焦黑的碎布，頭髮都豎了起來。他將她翻過身來一看，臉黑得像塗了墨，只剩下牙挺白的！

「寧……寧子薰，妳怎麼樣了？醒醒……」元皓被嚇呆了，望著懷中的寧子薰。

這時，被皇上叫聲驚動的侍衛都擁了進來，元皓皺眉大聲道：「快傳當值太醫！」然後命侍衛用藤床把寧子薰小心翼翼的抬回斐宸宮。

不一時太醫冒雨趕來，看到被雷劈到的寧子薰都不禁駭然，再伸手一搭脈搏，熟練的跪在地上稟道：「皇上，脈搏都停了，此女沒得救了！」

「真的一點希望都沒有了？」元皓狠狠握住拳頭，自責、懊悔湧上心間，若不是他叫寧子薰進宮，也許不會出這種事情！

「臣不敢欺君，除非是神仙能救活！」

「神仙……」

元皓突然想起了什麼，衝著自己的暗衛們一通狂吼：「你們這些蠢貨！叫你們去找玉虛道長，都好幾天了一點動靜都沒有！」

「……」

眾人心道：玉虛道長的徒弟們找了十年都沒找到，竟然要他們幾天內找到……皇上，您太高估我們的能力了！

「唔……頭好疼……」

一聲呻吟打斷了小皇帝的怒吼。

元皓一回頭，見那個頭髮豎立、滿臉墨黑的人正捂著腦袋詭異的坐起身，眼中閃著幽光。

「鬼呀！」太醫果然反應最快，直接眼睛一翻——暈過去了。

侍衛們拔刀把寧子薰團團圍住，元皓也緊張的看著她，輕聲說：「寧子薰……妳、妳沒事吧？」

「頭好疼，好像有一萬隻蟲子在爬，身體也好冷。」寧子薰抬起一張黑臉，看到無數把寒光閃閃的刀對著自己，她驚訝的看著小皇帝，問：「我……剛才被雷劈了，沒砸壞皇家公物吧？」

元皓很沒形象的翻了個白眼，揮手叫侍衛退下。說：「順便把李太醫也抬下去，傳朕旨意，革除太醫之職，貶到御馬間去當獸醫！」

等眾人都退下，元皓忙走到床邊關切道：「沒事吧？剛才把朕嚇壞了，朕以為妳……」

「唔……我還真是有點難受，渾身好冷。」

元皓用手輕拭她的額頭，感覺冷得像冰塊一樣。他拉起被子裹住寧子薰，大聲命令宮女去準備熱水，給寧子薰沐浴。

斐宸宮的所有太監、宮女、侍衛還有暗衛都是先帝在時賜給元皓的，說白了他們都是先帝特意為元皓挑選的忠心耿耿的心腹，與淳安王和竺太后都沒有關係。

不一會兒，宮女們抬進浴盆，注滿熱水，元皓對宮女說：「好好伺候她，如果有事馬上通知朕！」

宮女們小心翼翼的把寧子薰那身燒焦了的衣服「撕」下來，扶著她跨進浴盆。

此時寧子薰只能任人擺布，渾身一點力氣都沒有。身體浸在熱水中，她才感覺稍微好些，但不知為何，體內一股寒氣在流竄，讓她顫抖不已。水不一會兒就變冷了，宮女們只好不停的運送熱水維持水溫。

在外殿的元皓皺著眉頭，命太監們去取來兩個大銅火爐，加上炭火，整個房間的溫度高得離譜。宮女們都熱得汗水浸透了衣裳，可寧子薰還是打寒顫，只覺得身體每一寸肌膚都要被撕裂了！

雨慢慢停了下來，天空呈現出透明的白，雨後的清晨空氣格外清新，可斐宸宮依然是大門緊閉。

竺太后聽聞耳目報告，說斐宸宮的異象和昨夜西華門有暗衛進入，不由得緊鎖黛眉。這個孩子畢竟不是親生的，總是隔了層心，而且年紀越來越大就有了主見，身邊還有自己的親信，她這個太后幾乎都操控不住他了！

想到這裡，竺太后站了起來，對身邊宮女道：「來人，擺駕斐宸宮！」

經過這一夜的折騰，寧子薰終於安靜下來，也不再打冷顫了。她那層燒焦的皮膚在熱水中像蟬蛻一般脫落下來，不過面容已然恢復了原狀。

她靜靜躺在元皓的龍床上，雙目緊閉，呼吸還算平穩。元皓看著她的皮膚呈現出幾近透明的白皙，他悄悄把手放在她的手腕上，感覺到她的脈搏強而有力的跳動著……心中有說不出的異樣。

照理說太醫就算再無能，也不會連有沒有脈搏都診不明白，她受了如此重的傷，只不過一夜，連疤痕都沒留下一道，豈不是奇蹟？

炭爐和浴盆都已撤了下去，除了殿內的溫度還是很高，幾乎看不異樣。

皇帝握著熟睡女子的手，專注的凝視著，晨光從雕著雲龍的檻窗透了進來，灑在明黃色的帳子上，一切都美好得像一幅畫……

這時，外面傳來「太后娘娘駕到」的通傳聲，皇上不由得一驚，忙站起身來迎了出去。

只見太后面色不睦，一旁跪著斐宸宮守門的侍衛。見皇上迎來，竺太后冷笑道：「斐宸宮的侍衛們真是好大膽子，連哀家都敢攔！」

元皓忙見禮道：「母后怎麼來了？是兒臣命他們不許放人進來，他們也是太認真了些，還望母后看在兒臣的面子上饒恕他們。」

竺太后腳步不停的走向寢殿，說道：「昨夜大雨天氣，哀家擔心皇上睡不安穩，所以才親自走來看看……那些宮女伺候的還好吧？」

元皓見她向內寢走去，不由得面如紙色，忙上前攔住：「兒臣的寢處凌亂，母后還是請至正殿吧。」

「凌亂？那侍候宮女就該受罰！」竺太后瞪了元皓一眼，推門走了進去。

元皓一閉眼睛，心中暗道：看到能怎樣？大不了他就認下。就算是醜聞，也不放棄她！

「皇上真是過謙了，看起來很整潔嘛！」太后別有深意的微笑。

元皓望向龍床，上面除了被子有些褶皺，空空如也！

——寧子薰呢？她……怎麼消失了？

太后上前幾步，猛地掀開遮擋床腿的流蘇簾子……床下什麼都沒有。太后又向左右看了看，空曠的寢宮根本無處躲藏。

雖然懷疑，但沒有證據，太后微笑著跟皇上寒暄幾句，囑咐他注意龍體後，翩然離去。

看到太后走出斐宸宮，元皓才鬆了口氣。

「寧子薰，妳在哪裡？」元皓心中緊張，不會真的消失了吧？

「我一直都在這裡……看上面……」

聽到寧子薰的聲音，元皓抬起頭，嚇得差點坐在地上。只見寧子薰扒著房梁，一臉無辜的俯視著他。

「妳、妳……怎麼跑到上面去的？」自從認識寧子薰，元皓發現自己竟有口吃的傾向。

「我也不知道，睡得糊裡糊塗聽見太后來了，一著急，就飛上來了。」寧子薰看上去有幾分懊惱。

——拜託，再著急也沒聽說誰能飛上天去吧？

元皓震驚之餘，不由得把寧子薰當成「稀世珍寶」，更加不捨得放手了。

「妳先下來說話，朕仰頭看妳脖子都疼了！」

「哦。」寧子薰點點頭。

正從房梁上往下跳，外面突然傳來小太監特有的尖聲：「稟報皇上，淳安王求見！」

元皓一聽淳安王，心中一慌忙上前掩門，落下來的寧子薰正好砸在他的身上！

一聲悶哼讓外面的小太監起了疑心，雖然皇上不許人進去，可萬一出了什麼事……他忙推開房門，只見一個僅穿褻衣的女子正趴在皇上身上，要多曖昧有多曖昧，他忙退了出去。

「皇上，你沒事吧？」寧子薰焦急的拎起皇上用力搖晃。

「朕……沒被砸死，也被妳晃死了！」元皓拍掉她的大力金剛手。

寧子薰吁了口氣，「還好……如果砸死皇上，是不是等同於弒君之罪？」

元皓不知該笑還是該氣，只是匆忙的爬起來，低聲吩咐：「朕派人先送妳出宮，淳安王這邊朕來應付。不過以後要隨叫隨到，知道嗎？」

「遵旨！」寧子薰習慣性的敬了個軍禮。

終於結束了驚心動魄的一晚上，寧子薰回到淳安王府，小瑜都急壞了，馬公公來請了三次，小瑜都只能說寧側妃還沒起來。

他老人家馬臉拉得老長，哼了一句：「又不侍寢，還起得這麼晚……」

寧子薰把自己被雷劈過後竟然能飛到半空的事告訴小瑜，當然，沒敢說是在皇宮中。

小瑜不禁驚喜的抓住她的手，說：「恭喜妳，終於成飛殭了！沒想到妳竟然在如此短的時間就歷天劫更上一階！」

飛殭……是什麼東東？寧子薰不懂古代殭屍進階程序。因為末世殭屍除了進化到智慧種，根本不會有這種飛行的本領。

小瑜解釋道：「原本妳就是在跳殭和飛殭之間的等級，不過殭屍修煉通常都要很久，進一階最快也要百十來年。在未成熟之際歷劫是非常危險的事情，沒被天雷劈死已經是十分幸運了。更何況還成功進階！只不過妳對力量的控制和掌握還不怎麼好，要多多練習。」

難怪她會感覺寒冷，智慧型殭屍本身就有再進化的可能性，可能由於雷擊而使體內細胞急劇分裂，然後形成了新的基因鏈。事實證明，原來古代殭屍就已經存在進化了，只不過他們稱這種個體進化叫進階。

於是，進階後的寧子薰在小瑜的指導下學習怎麼樣在空中保持穩定飛行……

◎※※※◎※※※◎※※※◎

幾天之後暗衛回京，把調查結果呈給皇上：沂王的師父原來就是毒龍教幫主——毒王肖昆侖。那些用毒的手段都是肖昆侖教他的，而毒龍教的資金則是沂王提供。毒龍教嘯聚於齊、虞兩國邊界的浩波湖，仗著湖面千里，兩國都奈何不了他，他已經在那裡稱霸了幾十年。

皇上不由得把紙揉成一團，皺緊俊眉。

竺太后冷笑道：「皇上可想好如何處置沂王了嗎？」

他垂下眸子，長長的睫毛下一抹陰影遮住了情緒，只聽見他說：「父皇晏駕之前曾囑咐朕，一定要善待皇弟。朕不能違背父皇的旨意，無論怎樣都要……留他一命！」

更何況把沂王謀反的事情昭告天下，只會讓百姓嗤笑朱璃氏骨肉相殘，所以他決定一切都在暗中進行。

「後天……在郊外有一場秋狩。」他抬起頭望向太后，「朕會親手了結此事！」

◎※※※◎※※※◎※※※◎

「後天，秋狩？」沂王元濤極力控制才讓自己的聲音聽起來不顫抖。他急切的說：「母妃，您的意思是？」

趙太妃目光堅定的說：「我們已經被變相軟禁，我派回沂州的暗衛已和你師父取得聯繫，所有效忠於咱們的人馬都已化裝前來京城。只要皇上發生了什麼『不測』，咱們的人馬就立刻舉事，擁立你為皇帝。背水一戰，在所難免！一切就在這場『圍獵』上了！你一定要鼓動元皓到山林中，然後……」

她的目光望向那個從沂州一直隨身攜帶的小竹簍，那裡裝著他們制勝的希望。

元濤面色凝重，點了點頭，說：「孩兒一定會完成任務，親手把江山奪過來！」

趙太妃轉身望向窗外，灰濛濛的天空捲起狂風，把枯黃的秋葉捲上半空中，轉眼消逝不見。天空的陰霾映在她的眼中，趙太妃喃喃的說了句：「要變天了！」

◎※※※◎※※※◎※※※◎

雖然前兩天天氣陰冷，可到了秋狩這日，天氣卻格外晴朗，連一絲雲朵都沒有。京郊獵場旌旗飄揚，號聲嘹亮，馬匹蹄的聲音、獵犬的吠叫交織在一起，打碎了山林的寧靜。

上有所好，下必甚焉。皇帝十分喜愛狩獵，所以年輕的王公子弟也都積極回應，互相攀比名馬獵犬，雕弓寶鞍。

黃羅傘蓋下，小皇帝元皓一身寶藍色獵裝，兩肩織金團花，琵琶緊袖，下襬打著馬面細褶，腰間繫著鑲寶石的金鬧裝，更顯得玉樹臨風。毋庸置疑，他的輪廓與淳安王越來越像，不過淳安王的性格是冷冽如冰，而他卻是漫不經心中帶著幾分玩世不恭的任性。

陪在旁邊一身紫紅色獵裝的沂王卻顯得有些心事重重，臉色蒼白。

侍衛們開始敲鑼放犬搜山，野獸們被驚嚇得四處奔竄，小皇帝縱馬向前，身後跟隨著王公大臣和宗室子弟。他挽起角弓，姿態瀟灑，一枝白羽箭劃過長空正中一頭雄健的公鹿，眾人齊聲叫好。

元皓只是扯了扯嘴角，不置可否。他一揮手，眾人才開始圍獵。山下捲起滾滾沙塵，無數馬匹衝了過去追襲野獸。箭如飛蝗，霎時耳邊傳來陣陣動物的哀鳴之聲……

如果這種場面被末世殭屍看到，一定會指責古代人類暴殄天物！不過對於「古代人」來講，這項熱血與激情的運動才能張顯男人的力量和武力。

「阿濤怎麼不去追獵？不是說好了嗎？用獵物多少比輸贏！」元皓側頭望著元濤問道。

元濤道：「這些獐麅野鹿都太常見了，沒什麼意思。」

「哦？」元皓挑了挑眉頭。

元濤握緊手中的雕弓，鎮定神情，抬起頭說：「聽說山頂有雪豹，皮毛華麗，如果能夠獵一隻來送給太后做裘衣，一定又柔軟又暖和！」

太后不是他的親娘，所以每當太后更親近元濤時，元皓心裡就會十分不舒服。

元濤就是想用此事來刺激元皓上鉤。

果然，元皓露出一臉不甘，說道：「那咱們就悄悄上山，比比誰先抓住雪豹！贏的人可以提一個條件！」

「好！臣弟就卻之不恭了！」元濤的心如擂鼓，表面卻依然平靜。

他們退到皇上專用的帳內「休息」，然後換了身侍衛的裝束悄悄溜了出來。

「阿濤，你在看什麼呢，快走啊！」元皓叫道。

元濤看到早已埋伏下的幫手悄然跟在後面，不由得放下心，縱馬趕上元皓，說：「臣弟跟著呢。」

兩人漸行漸遠，進入深山密林之中。那喧鬧的狩獵聲漸漸被寂靜代替，只能聽到馬蹄踩著樹枝腐葉發出的聲音。

見機會已到，元濤故意落後幾步，悄悄打開隨身攜帶的小竹簍，一條渾身赤紅的小蛇吐著信子遊到他的手上，他抓起小蛇，猛地投向元皓。元皓聽到身後有響動，突然回頭，那條小蛇正好落在他胸前。赤紅色的小蛇像是經過訓練一般，狠狠咬住元皓的肩膀！

元濤興奮得臉上的肌肉都顫抖了，被這種用毒餵大的蛇咬上一口，神仙也救不了！皇位、江山……一切的一切，都屬於他了！

元皓一把抓住小蛇的尾巴，抽出腰刀一下砍斷蛇身，黑血濺了他一身，再看那蛇頭還固執的「執行任務」——死死咬著不放！

元皓把蛇頭用力扯掉，連衣服都扯破了，元濤不由得呆住了——只見元皓身上穿著一件寶甲，蛇的毒牙就嵌在甲上，絲毫未傷到元皓。

「喂，阿濤，你這招不怎麼樣！跟朕光明正大的打上一回吧！如果你有真本事，朕也不怕把江山讓給你！如果你只會用這些下三濫的小人招數，跟六皇叔有什麼區別？」

他們正緊張之時，自然沒留意不遠處高高的樹冠有個影子猛地顫了一下，差點掉下來。

淳安王咬牙，心裡罵道：小王八蛋！本王什麼時候用過小人招數？不都是光明正大的「欺壓」你嗎？

元濤咬牙不答，吹了聲呼哨，從林中跳出七、八個黑衣人，舉劍向小皇帝襲去。

這時，一陣暗器卻如劍雨從林間紛紛而落，砸向黑衣人，倒楣的黑衣人大都成了豪豬，身上布滿了暗器。

這下元濤可慌了，面如白紙，冷汗狂落。他咬牙從腰中抽出寶劍，催馬砍向元皓。

元皓露出一縷笑容說：「這才對嘛，好好打上一仗，決一勝負！」

當兩柄長劍撞在一處時，元濤一手舉劍，一手伸到竹簍，猛地一甩，又一條綠色小蛇飛向元皓面部。

這時，元皓手中也飛出一物，一隻紫黑色的蜈蚣正好攔腰咬住綠蛇，兩隻毒物一齊掉在地上，互相廝殺起來。

元皓嘆了口氣，說：「你是毒王的愛徒，朕還是蠱母的弟子呢！不過朕不會用這種手段對付你，知道為什麼嗎？因為尊重對手，才會使出自己的全力，用這種手段只能說明你是個孬種！如果你是朱璃氏的男人，就跟我好好比一場！」

這番話讓元濤發出狼一般的嚎叫，再抬起頭，滿眼血紅……他咬牙道：「好吧，今天，在這裡，不是你死就是我活！」

長劍猛地刺向元皓，兩人戰在一處。樹葉隨揮舞的劍四處飛揚，每一次金屬的撞擊都驚心動魄。

躲在樹上的淳安王默默數著：「一，二，三……」

只聽重物墜地的聲音，元濤的長劍掉在地上，他的咽喉前，劍尖閃著寒光。

至此，淳安王才鬆了口氣。每一次，教武功的師傅都會向他彙報皇帝的學習進度，他也會偷偷去查看，然後指點師傅在哪方面加強訓練。好吧，實際上元皓這小王八蛋根本就是他教出來的，如果會輸給元濤，他第一個切腹自盡！

至於蠱母……當他得到消息，趙太妃令元濤拜毒王肖昆侖為師，他馬上就找了用毒更厲害的蠱母來京。這小子就是塊好鐵，不怕用重錘好好敲打！

元濤閉上眼睛，顫聲說：「你……殺了我吧！」

元皓嘆了口氣，放下手中長劍，說：「當年父皇駕崩之前，把朕和皇弟叫到床前，親口叫朕承諾要照顧你一輩子。朕是不會失信於父皇的！」

那時他們還都只是孩子，兩隻小手緊緊牽在一起，天真的互相對望，怎麼也不可能相信有一天親生兄弟會骨肉相殘。

這皇位就像抹了蜜糖的砒霜，散發著致命的吸引力，越是掙扎卻越禁不住誘惑。

父皇臨死前那擔憂的眼神還印在他的心中，可是……母妃的話卻讓他如刺在心——

「大齊向來不以嫡庶立儲，元皓的親娘不過是個女官！如果不是寄養在皇后名下，他憑什麼可以登上帝位？」

母妃那不甘的目光又讓他難以抗拒，他是按著母親的教導一步一步走到今天的！

而且元濤才不相信皇兄會輕易放過他！如果如此昏庸，那他的皇位不是被自己也會是被別人搶走！於是他冷笑道：「那你預備如何處置我這個逆賊？」

元皓拍拍他的肩膀，微笑道：「朕只希望你把一切都忘掉，好好生活下去……」

趁元濤驚訝之際，他手中的一隻甲殼蟲已從元濤的後頸鑽了進去。背部的刺痛讓元濤一驚，伸手去摸後背……

元皓眼中只剩下一片冰冷，「阿濤，朕不會殺你，但也不能容許你威脅到大齊的安全。什麼也不想，好好的生活才是你最好的出路！」

元濤沒有回答他，因為他已經暈了過去，直接從馬背掉了下去。

「在這個位置上的人，果然是天下最孤獨的人。沒有人可以相信，也沒有人可以倚靠。其實朕也很羡慕阿濤呢……」元皓垂下眼眸，望著枯葉中睡得香甜的元濤自語道。

狩獵頭一天，沂王半夜發起高燒，無論用什麼藥都不能退熱，只好連夜返京，皇上因為擔心也罷了秋狩回到京城。結果沂王連燒三日，連神醫七王爺都沒了辦法……當然，性命是保住了，不過也落下了病根。

這條驚人的消息把那些暗中較勁競爭沂王妃位的名門貴冑驚呆了，送了女兒畫像的人家都忙派人打聽，從御醫口中得知沂王雖然性命無憂，但智力卻受到嚴重影響，只有三、四歲孩童的水準。大家嘆息之餘都暗自慶幸好在沂王還未定親，無論哪家的女兒都不用守活寡。

在這場鬧劇中，唯一受益的就是那些宮廷畫師，那些待選人家為了把女兒畫得美貌些，自然要給他們大大的紅包……

沒有人懷疑這是一場精心設計的陷阱，除了趙太妃。當她看到病榻上一臉茫然的兒子，疼得險些暈死過去。她知道，一切都完了！

人在絕望之時，就會拋棄所有的恐懼。

趙太妃入宮面見太后。第一次，她昂著頭用憤恨的目光注視著竺太后，像一隻憤怒母獅，揚聲吼道：「竺凌羽，妳當初答應我什麼？為何如此對濤兒！」

竺太后揮了揮手，所有宮女都退下殿去，空曠的大殿只剩下兩個曾經亦敵亦友的女人。

竺太后坐在榻上保持著優雅從容的姿態，看著趙太妃的表情面帶鄙夷，「妳觸怒了哀家的底線，哀家也不會遵守曾經的諾言！妳竟然敢做，就要敢承擔後果。對哀家用毒，這是妳應得的下場！如果不是皇上，哀家會讓妳知道什麼叫生不如死！」

趙太妃突然放聲大笑，笑著笑著，淚水順著眼眶流了下來。她怨憤的目光刺向竺太后，說道：「竺凌羽，我恨妳，恨妳如此好命！愛妳的男人們都如此保護妳，要不，就憑妳的本事，能活到現在？還能當上太后？」

竺太后面色如紙，長長的蔻丹陷入錦繡靠褥……難道趙惜柔知道她來大齊之前的事？

趙太妃看著竺太后驚愕的表情，不由得挽起一絲笑容，不過看上去卻愈加猙獰：「我是那個男人派進宮來保護妳的，他可真是對妳情根深種，進了宮都不願放棄妳……對了，妳知道為何那麼多年妳都不能懷孕嗎？」

恐懼籠罩了竺太后，趙惜柔的話讓她的心猛地一震。手指一陣劇痛，她低頭看，用力過大，指甲竟然硬生生折斷了。

這麼多年埋在心裡的話，終於說出來了。看著竺凌羽變得扭曲的面孔，她心中很解氣，於是冷笑道：「他太愛妳了，絕不會讓妳懷上先帝的孩子！」

「……那又怎樣？無論如何我的兒子現在是皇帝，而妳的兒子呢？」竺太后抬起頭，咬牙道：「皇上保他一條命，可哀家照樣能讓他死得不知不覺！」

「如果妳敢對濤兒下手，我會就讓天下人知道，母儀大齊的太后究竟是什麼貨色！」趙惜柔瞪大了眼睛，像隻發瘋的母獸。

「妳覺得，妳還有機會走出寧泰殿嗎？」竺太后看著她的目光帶有些許殘忍的憐憫。

趙惜柔剛要大聲尖叫，一把尖刀已從後面直插進腹部。她低下頭，看到寒光閃閃的刀尖穿過身體，血珠順著刀尖歡快的流到地面……

她身後，是竺太后從南虞帶來的貼身侍女兼暗衛綺煙。算起來，綺煙跟著她到大齊也已經有十多年了。

趙惜柔抬起頭，看著竺太后，露出一絲詭異的微笑，「有……一個秘密，妳永遠不會知道！」

「妳說什麼？」竺太后皺起眉頭。

回答她的只是一聲沉重的聲音，趙惜柔的屍體撲倒在地，鮮血在名貴的波斯地毯上綻開一朵紫紅色的花……她的眼睛空洞的望著藻井，嘴邊還殘留著一縷詭異的微笑。

因為病情嚴重，沂王只能在京中養傷——被囚禁。趙太妃因「傷心過度」而心疾驟發去世，朝廷辦了極為體面的葬禮，沂州封地派官員管理，遣散了原來沂王手下的那些心腹。

這件事做得雷厲風行，朱璃氏的男人是狼的後代，只要長出獠牙，就會咬人！他已經學會隱忍和不聲不響的消滅敵人了！

淳安王聽到彙報時正在批奏摺，只是挑了挑眉，未置可否……

趙太妃葬禮的第二天，淳安王突然派水師去浩波湖剿匪。就算毒龍教再厲害，也敵不過正規軍隊的火炮火弩，毒龍教被一掃而平，幫主肖昆侖逃往南虞，再不敢在大齊境內出現。

百姓和朝廷官員們都覺得這是淳安王要與南虞動手的信號，而小皇帝元皓聽到這個消息後卻怔忡了一下，隨即搖了搖頭。他寧可相信淳安王是恨毒龍教刺殺他，也不願意相信淳安王是想幫自己！

太后生辰就這樣「隆重」落幕了，轉眼進入深秋，天氣越發寒冷，北方卻傳來令人意想不到的消息：北狄竟然分裂成兩個帝國——察合臺汗國和鐵木兒汗國。

因為兩位王子都手握兵權，而北狄人又沒有中原人繼承大統的習慣，他們往往是由許多部落結成聯盟，承認中央政府，不過卻有自己獨立的權力。這就為統一形成了障礙！只有最為出色的英雄才能得到整個草原部落的認同，而兩位王子顯然都沒有已故的奧魯赤汗的影響力，所以只能取得與自己親密的部落支持。

兩方的勢力都不肯相讓，戰爭頻起，北狄沉浸在一片硝煙中……天氣越來越冷，如此消耗資源和兵力，百姓怨聲載道，最後高興的還是大齊。所以兩方在沒辦法吞併對方的情況下，便協商分裂成兩個汗國，劃分疆界，各自為政，先度過眼前這個寒冬再說！

而此時，建立察合臺汗國的大王子海都，卻突然派使者來到大齊……

My Zombie Princess

第10章
就怕殭屍有文化

到了深秋，王府女眷們也換上了羅衣，圖案都是應景的菊花、月季、曼陀羅。衣錦繁華卻顯得人更冷清，「人比黃花瘦」正是雲王妃此時的寫照。

女人如花，若沒有感情的滋潤，再美麗的女人也會凋零。因為王嫣，因為寧子薰，雲初晴承受了巨大的壓力，人也變得更瘋狂了，但有在她面前稍微不敬或犯了錯誤的侍女和太監，定要狠狠責罰才甘休。

越是害怕失去權力就越會表現得虛張聲勢，寧子薰覺得最可憐的人就是雲初晴，為了權力和地位把自己囚禁在籠中，像隻寵物鳥，得不到淳安王的寵愛便自暴自棄，虐待自己，也虐待別人。

其實寧子薰很想勸她離開王府尋找自己的幸福，不過小瑜卻嚴重警告她，不許挑唆雲王妃「紅杏出牆」，否則會被淳安王切成魚片！

時間到了九月初九，宮中賜下重陽糕和菊花酒，淳安王入宮與皇帝、百官飲宴。寧子薰來到七王爺的杏花天，只見七王爺睿景依然那樣安然自得，手中握著墨綠色的茶杯，桌上還有另外一只。

寧子薰好奇的問道：「咦？七王爺有客人？」

七王爺沉下眼眸，掩下無盡的心事，說：「方才阿姐來過。」

「無憂公主來有什麼事？」

「我向她要……一枚釦子。」七王爺嘴邊泛起一縷苦笑。

「釦子？」寧子薰側頭，十分不解。

七王爺皺緊俊眉低聲說：「這枚釦子，對於某些人來講，也許是承載了一生中最美好的回憶；不過對於某些人來講，只不過就是一枚釦子……」

寧子薰被七王爺的話弄暈了，問道：「因為一枚釦子？」

七王爺搖了搖頭，於是寧子薰說：「既然不是，還擺什麼苦瓜臉？有時候渴望的不見得是你想要的，真正得到手時才發現原來不過如此。而時間久了就會視若敝屣，當你真正拋下時，沒準兒會發現……咦，還真是敝屣！不就是個釦子嗎？如果無憂公主不給，我給你，我還有好多呢！」

前面的話讓七王爺心驚，以為她看懂了什麼，可後來……他嘆了口氣，寧子薰這顆貝殼開竅不是因為展示珍珠，而是因為它被煮熟了！

「這話妳還是應該對六哥說！讓他也見識一下妳的思想。」七王爺扯了扯嘴角。

「呃……算了吧，我倒覺得淳安王和無憂公主挺相配的。」寧子薰用一根秋黃的狗尾巴草逗著圓滾滾的阿喵，淡淡的說。

七王爺皺起眉頭望向寧子薰，表情微怔。

寧子薰聳聳肩說：「我聽侍女們私下談論，說很多年前無憂公主在出嫁以前，淳安王還寫過情詩給她呢，結果被成祖皇帝知道，受了杖責。像無憂公主這樣生的美就是命好，到哪兒都會受到重視，人類真是視覺動物，就連七王爺都是！見到無憂公主就和顏悅色，見到我就橫眉冷對。」

寧子薰覺得自己越是在人類的世界待得久，就越是人類化，現在竟然開始在乎外貌了！雖然都是兩隻眼睛、一個鼻子、一張嘴，她竟然漸漸能分辨這幾樣器官長成什麼形狀會比較漂亮……呃，想想都覺得恐怖，她現在好像已經跟人類的審美觀越來越接近，以前看到腐爛的臉和殘缺的肢體都覺得很正常，現在居然連長顆黑痣都覺得難看！

七王爺嗤笑道：「無憂公主命好？妳不是總想知道無憂公主的事嗎？好吧，我滿足妳的好奇心，把她的故事講給妳聽！」

「真的？」寧子薰湊了過去。

七王爺舉起手中茶杯，「先去幫我倒杯茶來！」

一杯悠悠香茗，倒映出七王爺沉鬱的表情，沁在茶中，說不出的苦澀……

「阿姐是我父皇成祖的妹妹——清源長公主和駙馬王續寧的女兒。因為她經常入宮，可以說同我們幾個年紀尚小的皇子一起長大，所以我們都不稱呼她的名字，而是叫她阿姐。那時大哥臨瓊還只是皇長子，而二哥禹光則是皇后所生，並且有強勢的外戚支持——他舅舅當時是守衛北疆的固北將軍。不過大哥也有自己的優勢，他是一個有主見和謀略的人，所以父皇在兩位已經成年的哥哥間左右搖擺，一直不肯定下繼承人。」

「不過現在想來，皇父根本就是在用兩位哥哥牽制朝廷的各方勢力，讓各方的勢力此消彼長，這是帝王的制衡之術。坐在皇位上的人，永遠不想繼承者強到威脅自己的皇位。二哥沒有看透這點，只希望自己能更出眾、更優秀，有更多的人支持，以壓過大哥……卻沒想到他暗中拉攏朝臣和邊塞重將的舉動讓父皇起了疑心，清源長公主和駙馬王續寧也加入了支持二哥的隊伍中。」

「之後大哥遇襲，受了很重的傷，父皇震怒，下令嚴查，卻查出刺客與清源長公主有關係。在大哥的勸阻下，父皇壓下此事，大哥在父皇心中也更受重視了。再後來父皇身體不適，竟然發現平日飲用的專用泉水被人下了毒。一場深宮浩劫開始了，死了幾百宮女，後來所有證據矛頭直指二哥和皇后。父皇終於下了決心……廢后，並把二哥幽禁在皇城內。與二哥有牽連的黨羽都被一網打盡，當然……也包括一直支持二哥的清源公主一家。」

好複雜……寧子薰努力的聽著，難怪七王爺不願意告訴她這段公案，人類的歷史就是一部血淋淋的殺戮史，充滿了陰謀、權鬥、暴力和死亡。無論最後的勝利者是誰，總會被更殘忍的傢伙取代！

七王爺看著她沉重的表情，不由得笑了笑，「我和妳一樣，都痛恨這些殘忍的事情，可是沒辦法……我們也只是捲入權力鬥爭這個風暴眼的小蟲蟻，注定逃脫不了。」

「我明白，可是無憂公主是怎麼嫁給北狄可汗的呢？」她問。

「當時，清源長公主和駙馬已被抓入天牢，其餘人等也被囚禁在公主府不能出來，只等獲罪的固北將軍押解還京便會一同治罪。阿姐她就是那種執著的性子，她輾轉聽說北狄汗王奧魯赤汗來大齊拜見父皇，就趁機逃出公主府，在街市上故意衝過去驚了奧魯赤汗的坐騎，奧魯赤汗當然會為她的美貌震驚。她暈倒在馬前，奧魯赤汗便把她帶回驛站……」

「後來，就不用再說了。她用一個晚上便征服了北狄汗王，奧魯赤汗向父皇求親，非王嫮不娶！父皇無法，只得答應，封王嫮為無憂公主與北狄和親。至於清源長公主和駙馬，卻是因為參與謀反被雙雙賜了毒酒自盡，王家只剩下王嫮一人活了下來。」

寧子薰開口道：「所以淳安王才會說『這是我們欠妳的』，你們的父皇殺了她的父母，所以他覺得虧欠王嫮。」

「這樣妳還覺得她幸運嗎？」七王爺用力握緊手中的茶杯，手指泛白。

「似乎有一句話是專門形容無憂公主這樣的美人——自古紅顏多薄命！」寧子薰很專業的注解道。

殭屍不可怕，就怕殭屍有文化。

七王爺翻了個白眼，剛想教育寧子薰，卻見一個小太監站在門首施禮：「七王爺可曾見到無憂公主？剛才宮中來人傳無憂公主，奴才聽說公主在王爺這，所以前來詢問。」

七王爺一聽宮中來傳，頓時皺眉，問道：「知道是什麼事嗎？」

「奴才聽說是北狄遣使來了。」小太監恭敬回答。

七王爺和寧子薰都是一愣。

◎※※※◎※※※◎※※※◎

當王嫮忐忑的走進寧泰殿時，看到太后、皇上還有淳安王都在。而一邊侍立的人卻讓她吃了一驚——這個人正是大王子海都的舅舅格里。

格里一見到王嫮，忙搶身上前十分恭敬的施北狄大禮，口稱：「參見汗王大妃！」

王嫮退後一步忙避道：「汗王已逝，我已不再是大妃了。」

格里撫胸說道：「按著北狄的規矩，大妃永遠是大妃！臣下是遵大王子海都之命前來向大齊提親，請大妃再還北狄與海都王子結秦晉之好！」

格里口中並沒有稱新建的「察合臺汗國」，而是依舊沿用「北狄」的稱呼，這說明他們一直想獨自占領整個北狄。而且他們和親是其次，主要是來尋求大齊的支持。

王嫣面色蒼白，神情十分慌亂，她不由得抬頭望向坐在高處的三人……

太后正睇著鳳目，嘴角噙著一縷似有似無的微笑，她開口道：「無憂公主既然嫁到北狄，理應遵守北狄的習慣，既然大王子如此誠心派人前來，理應成全！」

王嫣那粉嫩如花瓣的唇不禁顫抖起來，眼中含淚，不能自已。

這時，淳安王冷冷說道：「北狄大汗死得突然，沒有立下遺詔，兩位王子爭儲，已各自建國，此乃北狄內政。如遣嫁公主豈不是逼大齊表明立場，把大齊捲入北狄的紛爭之中？」

格里一副老狐狸樣，拱手道：「攝政王，眼前只是暫時的和平，等明年開春又將重開一場戰場。如果北狄持續內戰，將不能提供戰馬給大齊以供大齊征討南虞。而且戰火要是燒到邊境，只怕大齊也得增派兵力防範，這樣便無暇顧及南虞之戰。如果攝政王應答把無憂公主嫁予海都王子，並支持海都王子為北狄可汗，那事成之後北狄將為大齊提供優良的戰馬以及幾萬騎兵，到時南虞還不唾手可得？還請攝政王三思！」

小皇帝最喜歡的就是跟淳安王作對，他點頭道：「朕也覺得格里使臣所言甚是有理，應該把無憂公主嫁給海都王子。」

淳安王挑了挑眉，冷笑道：「公主以及戰馬支援，用不著放在一起說吧？」

格里看著王嫮說道：「北狄習俗，父繼子承，娶了大妃的才是下任汗王。海都王子眾望所歸，還請大齊皇帝、皇太后和攝政王御准！」

顯然王嫮也知道這個規矩，所以她緊緊咬著脣，求助的目光望向淳安王。

淳安王給她一個安撫的目光，對格里說：「想要從大齊得到這麼多東西，你們的海都王子是不是應該親自來一趟才能表現出誠意？」

格里表情一滯，淳安王瞇起眼睛道：「如果害怕，也可以不來！這樣的男人，本王也不能冒險把無憂公主交給他！」

兩方敵對已久，海都怎敢冒險放下一切來大齊？淳安王明顯就是為難格里，將他一軍！

格里聽到他的話，面露遲疑道：「這……微臣須寫信給海都王子。」

「那就等海都王子來了再商議親事吧！」淳安王一揮袖子示意送客。

王嫣目光複雜的望向淳安王，精緻美麗的面孔因擔憂而煞白如紙；淳安王也望著她，隔著一殿的寂靜，卻看不出任何波瀾。兩個人深深的凝望，彷彿所有人都消失了……

竺太后看著這種光景，不由得瞇起眼睛。

事實證明，淳安王還是不了解他的新情敵！海都王子接到使臣的信後，馬上回信表示要來，然後打點行程，安頓好一切政務，帶著護衛向大齊邊境進發。他不但親自來了，還帶來了不少聘禮：五百頭駱駝、三千隻牛羊，還有各色皮草，只是沒有戰馬，看來他們是捏準了大齊對北狄戰馬的需求。

浩浩蕩蕩的隊伍來到都城之外駐紮下來，海都王子帶了禮進宮。太后把他留在宮中宴飲，又去請無憂公主前來相見。無憂公主是來了，卻又帶了兩個拖油瓶——七王爺和寧子薰。七王爺擔心王嫣的安全，至於寧子薰，純粹是被七王爺拖來打醬油的。

皇上和淳安王匆匆結束了百官宴會趕到寧泰殿，當看到寧子薰時，表情都很複雜。這陣子國事繁忙，淳安王刻意避開她；而小皇上是想見卻見不著，所以臉上多少帶了點怨婦氣。

海都王子來到，大家不由得仔細打量。這位北狄王子長著一雙藍色的眼睛，輪廓分明，濃眉俊眼，可以說是位英俊的男子。據說他的母親是奧魯赤汗從西域搶回來的女奴，所以他的長相並不是典型的北狄人。他的漢語說得也不錯，在一群崇尚武力的北狄壯漢中倒顯得十分有風度。

見到王嫮，海都王子從懷中掏出一根修長斑斕的蒼鷹硬羽，跪獻給她，說道：「天空最皎潔的明月，請接納我摯誠的心意！」

原來北狄男人要向心愛的女子求婚就會親自爬上最高的山峰，拔下蒼鷹的羽毛，以示勇敢和真誠。

王嫮面色蒼白，下意識的閃在淳安王身後。淳安王依然一副冰山樣，冷冷開口道：「海都王子，無憂公主是大齊的人，有什麼事跟本王商議便好！」

海都王子聽了，笑咪咪的望著無憂公主的「代言人」，說：「當年無憂公主嫁到北狄，第一次看到無憂公主，我就被她的風姿所折服！知道她是父王的新妃，我就發誓，一定要努力成為下任汗王，就可以繼續讓無憂公主當大妃了！」

從後媽變成妻子……這實在讓大齊人不太能接受。倒不是海都王子三觀不正，因為這是北狄風俗。倫……就是用來亂的嗎！在寧子薰看來，一個男人有無數女人才是不正常呢！

寧子薰小心觀察著眾人的反應：七王爺聽得咬牙切齒、面部扭曲，似乎戴綠帽子的人是他；太后完全是一派滿意的表情；小皇帝則是一副不屑和鄙視的樣子；而淳安王……根本沒表情。至於王嫮，卻用肢體語言表明了立場——躲在淳安王身後。

海都王子見王嫮根本不肯面對他，收起羽毛起身道：「漢家女兒都是這般靦腆，當著家人自然害羞，我理解……」

海都王子，您真是太會給自己找臺階了……寧子薰暗暗點頭。

太后向海都王子介紹了在場的各位，當介紹到寧子薰時，海都王子聽說她是淳安王的側妃，不由得仔細看了兩眼，恭維道：「淳安王果然是賢王！」

這……什麼意思？殭屍的大腦沒那麼多迴路，還一個勁衝他傻笑。

她趁隙悄悄問七王爺：「為什麼海都王子看我卻誇淳安王？」

七王爺頭頂冒出幾條黑線，半天才說：「是誇六哥不好美色……」

喵的，原來這小子拐著彎罵她長得難看啊！

當然，竺太后是南虞第一美女，王嫮是大齊第一美女，被這兩位大美人襯托著，寧子薰……就成了茶几，擺滿了杯具。

宴席上，太后話裡話外都透露著贊同，和海都王子相談甚歡。小皇帝只是一副冷漠的樣子，一言不發，彷彿一切都跟他無關，時不時還會用目光襲擊一下寧子薰，看得她心裡發毛。

海都王子倒是很直爽，舉起酒杯開門見山的說：「皇上、太后、攝政王，海都說話是算數的，只要大齊支持我海都稱汗，把無憂公主嫁給我，以後結為盟國，攻打南虞時我們北狄一定會出兵相助！」

太后也舉起酒杯，別有深意的看了一眼淳安王，對海都王子道：「對我們大齊有利的事情，自然要做，總不能因為個人好惡而損害國家利益吧！」

「太后……」從來不參與政事的七王爺突然開口道：「政事固然重要，可親情亦不可拋，王嫮……畢竟是先帝的表妹，臣不贊同用一個弱女子來換取利益，這是大齊的恥辱！」

太后挑眉，剛要說話，卻聽淳安王淡淡的說：「此事還要經『御前奏聞』通過才可。」

所謂「御前奏聞」就是由中書省、樞密院和御史臺等重要部門幾大朝臣聯合起來，在皇帝面前開的中央高級會議。

太后不由得瞇起眼睛，淳安王分明是想拖一時是一時，她會鼓動御史臺上表言事，再加上朝野坊間早就有了不雅的傳聞，到時候就看他如何冒著被官員百姓唾棄的風險把王嫣留在身邊！

席間海都頻頻舉杯，這位北狄王子果然海量，幾罈子浮玉春都被他喝光了。

北狄人生性豪爽，而且能歌善舞，一喝高興了，更是喜歡邊飲邊唱。看來海都真是喝多了，踉踉蹌蹌走到樂師坐席上，一把搶過他手中的二胡，咬字含混的說：「倒是很像馬頭琴！」

這情景嚇得樂師不知所措，太后擺擺手，令眾樂師退下。

海都王子施了個撫胸禮，說道：「為最美麗的無憂公主獻上一曲！」

他盤腿坐在地上，邊拉邊唱，歌聲悠揚而帶有異域風情，雖然聽不懂歌詞，可這首歌一定是求愛的歌曲，因為懂北狄語的王嫣表情很不自然。

這一場宴席，除了極力表現的海都王子，每個人都吃得各懷心事。淳安王面帶慍色，顯然心情不好，卻也沒少喝。

散場後，太后又叫王嫮到御花園品雪茗解酒，大概還是要談親事。

淳安王皺眉看了眼寧子薰，表情很是不悅，「妳和七王爺先行回府，本王還有點事。」

快半夜了還有什麼事？當然就是為了等王嫮，不放心狼外婆太后娘娘把他的小紅帽叼走吧？寧子薰猜測。

淳安王嚴肅的對七王爺說：「阿姐的事，以後你不要再管了。」

七王爺皺起眉頭，望著他欲言又止，目光中湧起一絲血色……

寧子薰不禁驚訝，原來七王爺也有雙「狼目」！只不過不飲酒時，根本不會顯出。

「她的幸福和生死就握在你手裡，你若負她，我不會饒你！」七王爺說完轉身而去。

這是寧子薰聽到七王爺說過最「爺們兒」的一句話了！沒想到他……咦，他不會也喜歡王嫮吧？

她忙追了過去，幫他推木輪車，然後回過頭偷偷的看了一眼，只見淳安王還站在輝煌的殿宇中，表情說不出的冷峻。

七王爺和寧子薰坐著馬車緩緩駛向淳安王府，七王爺縮在陰影裡，似乎心情十分不好。因為殘疾，他知道自己沒有能力給王嫣幸福安全的生活，所以他寧可放棄，也不願讓她為難。

看到寧子薰注視的目光，七王爺勉強笑道：「妳是不是覺得我這個廢人竟然痴心妄想？很可笑吧？那兩個人就如妳所說的，如此相配。」

寧子薰搖搖頭，說：「七王爺是神醫，心地善良又很溫柔，很多女子都暗戀你。不要妄……妄……」

七王爺見她「汪」了半天也沒汪出來，不由得說道：「妄自菲薄？」

「對！」寧子薰咧嘴傻笑。

「六哥一向深沉，不輕易流露感情。如果我知道他當年也喜歡阿姐，我是絕對不會輕易陷進去的。」七王爺的目光望著遠處的黑暗，似乎在回憶那些往事。

這時，後面突然傳來急迫的馬蹄聲，一隊御林軍趕了上來攔住七王爺的馬車。

七王爺掀開轎簾，沉聲問道：「何事？」

御林軍拱手道：「請七王爺快點回去，攝政王和海都王子受傷了！」

「快回宮！」七王爺來不及問怎麼回事，忙命馬夫調轉馬頭，趕回宮中。

御林軍根本就是謊報，淳安王哪裡受傷了，只不過手臂被劃了一道。

而可憐的海都王子卻傷得很嚴重，腹部被刀刺傷，鮮血浸透了華美的錦袍。因為酒喝得太多，他早已暈了過去。此時已有太醫在處理傷口，不過因為七王爺善於研究藥性，獨家研製的金創藥比一般止血生肌藥的效果好得多。

七王爺上前看了看傷口，這明顯就是劍器所傷，不由得看向一旁包紮傷口的淳安王。還好海都王子的傷不算太重，沒有性命之憂，只是要養上個把月。

七王爺命手下人回淳安王府取金創藥和止疼散，敷過藥、包紮好傷口，又為海都王子開了帖鎮靜止疼的湯藥，眾人才出來，只留幾個穩妥的太監和侍衛伺候。他凝眉問道：「剛才還好好的，海都王子怎麼受了傷？」

王嫣早已哭得梨花帶淚，「都怪我不好，都是我……」

「是我刺傷他的！」淳安王抬起頭，嘴邊勾起一絲冷笑，「他調戲無憂公主，本王一怒之下就動手了！」

小皇帝冷嘲熱諷的說：「萬一海都王子有什麼事，戰馬和騎兵的事都泡湯了，到時拿什麼攻打南虞？攝政王……皇叔。」

「沒傷到他的要害，本王只不過給他一個警告！無憂公主是本王保護的人，誰也不能動她！你們以為沒有北狄的支持，本王就打不下南虞嗎？正好趁著冬季北狄人無暇南顧，快速集結兵力，奇襲南虞，定能成功！」淳安王胸有成竹的說。

小皇帝元皓皺眉道：「攝政王皇叔，你不覺得攻打南虞有些倉促嗎？」

淳安王那雙深潭般的眸子望著他，說：「皇上，在半年前臣就已經做了準備，南方邊境早已備好了糧草，只要一聲令下，調齊全國軍隊，就可直攻南虞皇都！」

元皓不由得瞪大眼睛，沒想到淳安王竟然……還有許多事瞞著他！

眾人也皆是一驚，淳安王掃視四周說：「你們也算聽到了大齊的軍事機密，不過在三天內，就不是機密了，那時全國兵馬都會集結到南疆，本王也會親赴南疆指揮戰役！」

寧子薰畢竟是一名戰士，從他的話中聽出了一個訊息——淳安王對軍隊有著絕對的控制權！能在完全保密的情況下安排整個戰略準備、糧草和人員調動，而皇帝和太后竟然毫無察覺！她不禁暗暗沉思，原來「兵符」真是如此重要，難怪太后無論如何要拿到手！

◎※※※◎※※※◎※※※◎

淳安王刺傷海都王子的事件被渲染成兩人醉後比劍，意外受傷。雖然海都王子醒後表示諒解淳安王，也明白了淳安王對王嫣的感情。

直到第二天，淳安王才攜七王爺、無憂公主和寧子薰回到王府。王妃雲初晴在門口迎接，雖然盛裝，卻遮掩不住微腫的眼睛。

這一夜發生的事情太多，淳安王叫七王爺和寧子薰去休息，自己卻回到麟趾殿繼續處理公務。雖然戰前準備都已經就緒，可依然有無數的具體細節在等待他決斷。

在王府前廳等待許久的幾位兵部主事和邊關趕來的將軍魚貫而入，他們都是淳安王的心腹之人，從進了麟趾殿開始商議軍國政事，一直到華燈初上才結束。中間淳安王只傳了一次午膳，然後幾位重臣連晚膳都沒有在王府用便匆匆離去。他們有得忙碌了，一場戰爭要準備的事情可不少！

送走了他們，淳安王疲憊的坐在椅子上，閉上眼睛。這時，馬公公悄然而入。

淳安王沒有動，懶懶的問：「南虞那邊的兵力部署究竟洩露了多少？」

馬公公沒有說話，默默從袖中拿出截獲的那張圖呈給淳安王。淳安王睜開眼睛接過圖，突然愣了一下，看到那些被精心改動過的痕跡，不由得皺緊眉頭。

他抬起頭望向馬公公，馬公公嘆了口氣，直接說出答案：「洩露的是雲丞相，改圖的卻是雲王妃……」

「本王知道了，你退下吧。」

馬公公垂首而退。

淳安王把兵圖揉成一團懸在燭火上點燃，看著火光吞噬了紙團，他不由得冷笑。讓雲赫揚拿到手的，本來就不是真正的兵圖！這不過是他故布疑雲之計，雲赫揚這隻貪吃的狗還是上當了。只不過他真的沒想到雲初晴會做這樣的事情……她如此冒險究竟為何？

他不明白，當一個男人不愛一個女人，對於她的行為能想出各種關乎利益的理由，卻永遠不會想這個女人是因為愛他而寧願犧牲自己！

兵圖化為灰燼落在腳下的炭盆中，他猶在思慮。這時，外面傳來細碎的腳步，由遠及近。他猛地抬起頭，卻看到雲初晴親自端著一盅補湯嫋嫋婷婷站在他面前。

這種寒冷的天氣，她卻只穿著一件紗縠衣服，長袖和衣襟上繪滿了怒放的牡丹，奢華美豔。紗衣勾勒出她的纖腰豐胸，再加上精心描繪過的淡妝，更顯美豔無雙。

「王爺，辛苦一天了，喝點補湯吧。」雲初晴輕聲說，紅唇嬌豔欲滴，隱隱有暗香浮動。

淳安王點點頭，微微聚攏的劍眉和沉沉的目光顯示出疑惑和凝重的神色。

雲初晴見淳安王沒有拒絕，十分欣喜，忙盛了一碗遞過去，淳安王慢慢吃著。她走到淳安王身後，輕輕幫他按著緊繃的雙肩……

淳安王不著痕跡的避過她的纖手，表情嚴肅的說：「過幾天本王要趕赴南疆，王府的事情就交予妳打理，外事有馬公公相幫，凡事多找他商議，不可自專。」

「是，妾身省得！」雲初晴垂下頭，掩飾目光中的失落。

「沒什麼事，妳就退下吧。」淳安王覺得有些睏倦，閉上眼睛說。

雲初晴咬著紅脣，下了極大的決心，把一直捏在手心的小藥丸彈入燈火之中……

「王爺，妾身有事要說。」

「何事？」淳安王睜開眼睛。

「妾身聽說王爺昨夜為無憂公主而與北狄王子決鬥，還把北狄王子刺傷了！王爺對無憂公主如此關心，朝廷內外流言四起，都是對王爺不利的傳言……為了王爺的清譽，請王爺不要再與無憂公主接近了！」

淳安王不由得皺緊眉頭，沉聲道：「怎麼？是妳父親讓妳來說這些的？」

「不是的！」雲初晴忙辯解，「爹爹只讓妾身伺候好王爺！」

她的目光下意識的望了一眼油燈。

房間中瀰漫著一種淡淡的香味，算著時間情藥也該發作了！雲初晴看著淳安王捂著胸口，眼中也逐漸顯出異樣的光芒……

這種情藥投入火中遇熱便會發散得更快，香味逐漸散開，雲初晴自己也被這香味所惑，漸漸覺得渾身燥熱。

「王爺……」她控制不住自己，撕開身上的薄紗，投入他的懷中。

這是她最後的一搏！只要成為他的女人，她就不會成為棄子，被雲家拋棄……

她伏在王爺身上，一點一點向上摸索，她的唇剛剛吻上那冰而薄的嘴唇時，卻被他一把捏住下顎。

淳安王低聲在她耳畔道：「妳對本王下迷藥？」

雲初晴抬起頭，卻看到那雙冷酷的眸子正冷冷的盯著她，絲毫沒有中情藥的樣子。

雲初晴驚慌的說：「王爺，你……」

「為何沒中妳的迷情香？」淳安王揚起一絲冷笑，「本王不會中任何迷香，想必湯中也有催情藥吧？」

這個冷酷的男人，僅有的那一點溫柔也給了王嫣，她呢？她能從他這裡得到什麼？只有冷漠和無情！身為庶女，能嫁給權傾天下的男人本身就是一件無比光榮的事，更何況她還要為她娘爭口氣！不讓大娘再把她踩在腳下。

可是……她還是低估了淳安王的冷酷程度，她以為自己的美貌和溫柔用在恰當的時候一定能打動這個男人，但她錯了！這個男人沒有心！

雲初晴掙脫他的手，瘋狂的吼道：「為什麼？為什麼是王嫆？甚至連寧子薰那個傻子都能得到王爺的垂青，為什麼我不行？我為王爺可以付出一切，王爺卻連一眼都懶得多看！現在外面所有的人都說，王爺一定會廢了我這個王妃而立王嫆為妃！我怎麼辦？我該怎麼辦？難道只有自盡一條路可走嗎？」

「初晴……」淳安王伸手按住她的肩膀。

「別碰我！我恨你，恨不得跟你一塊兒死！」此時的雲初晴已經完全瘋狂了，她踢打著、撕咬著，發洩這麼久以來堆積在心中的怒火和委屈。

淳安王緊緊抓住她的雙手，她怒吼道：「放開我！」

淳安王一鬆手，雲初晴坐在了地上，烏髮凌亂，金簪垂在耳邊。她把金簪握在手裡，輕聲說：「如果我死了，請別為難我爹……」

「妳冷靜點！」淳安王衝上前。

一聲裂帛，尖利的金簪穿透淳安王受傷的手臂，鮮血染紅了白色的繃帶。

雲初晴呆住了，她發出一聲淒厲的慘叫。棲在殿外碧梧樹上的鳥兒被驚得振翅高飛，掠過金黃色的圓月。

關於那天晚上究竟發生了什麼事，沒人能說清。比較官方的說法就是雲王妃身體欠安，被送出京城，到清妙庵靜養，不久後便在那裡病逝了。

雲王妃被送走的那天，誰也沒見到她本人，或許被送出去的是一具屍體也說不定，於是淳安王的名聲在大齊就更加不堪了。

幾片火紅的楓葉落在水渠中，順著水流向遠處。假山石旁的芭蕉樹邊，一個目光有些呆傻的少女正用手托著一隻大肥貓，喃喃的自言自語。

陽光灑在她身上，在她的面孔鍍上了一層金色的光澤。她親暱的蹭了蹭大肥貓的胖腦袋，說：「阿喵，人類的世界真的很複雜，是吧?我也討厭人類的爾虞我詐，尤其是那個冷血冰山，說不定哪天他就會讓我也『消失』掉！」

「如果妳繼續詆毀本王，沒準兒真會消失掉也說不定。」

聽到那熟悉而冰冷的聲音，寧子薰就像隻炸了毛的貓，咻的一聲逃到芭蕉樹後。

這種鴕鳥行為引來一聲嗤笑，淳安王說：「快點滾出來，紅配綠這麼顯眼，妳叫本王裝看不見都難。」

寧子薰扛著胖貓，從樹後「滾」到了他腳下，「王爺，我錯了，別趕我走！」

淳安王不悅的瞇起眼睛，「本王何時說要趕妳了？」

「月嫵……走了，雲初晴……死了。現在只剩下我一個人……我會盡量不出現在你面前，不會打擾你和無憂公主……」的姦情！

寧子薰讓自己盡量顯得可憐點，以博取同情——如果淳安王有同情心的話。

看著她那副理所當然「淳安王是兇手」的表情，他大步走到她面前，一把將她拉起來，咬牙道：「本王沒有殺她！」

寧子薰眨眨眼，說：「哦，對，她是『病死的』！」

淳安王深吸一口氣讓自己盡量平靜，開口道：「明天本王就要出征了，如果發生什麼事，馬公公會告訴妳如何做，妳只須聽他的便是！」

「是！」寧子薰無比「乖巧」，窩成一小團，大概是希望自己比螞蟻還不顯眼。

看到她這副德行，淳安王不禁又咬咬牙，轉身而去。

剛走出三步，他停了下來，回頭盯著寧子薰，低聲道：「雲初晴……沒死！」

「呃？」寧子薰用茫然的目光看著淳安王。

「她再繼續待在王府就會瘋的！所以本王給她機會，送她去一個安全的地方休養，以後會讓她以新的身分開始新生活。」

寧子薰呆呆的看著他，心中充滿了羨慕嫉妒恨！淳安王能對雲初晴這麼好，怎麼就不能對她好點？把兵符給她，她不也可以自由生活了嗎！

「王爺……」

還沒等寧子薰說話，淳安王便揚長而去，頎長的身影消失在一片紅楓林中。

淳安王在生自己的氣，他所做的一切從不會跟任何人說明，為何會突然發神經跟一個白痴解釋？

那一夜，刺傷了淳安王的雲初晴顫抖如風中柳絮，她淚流滿面，說：「妾身自知罪孽深重，只求一個體面的死法——按妃禮下葬，讓我娘不至於被大娘和其他姨娘恥笑欺辱。」

他點點頭，說：「好，本王答應妳！」

雲初晴向他跪下，行了大禮，舉起手中金簪……他輕擊她的後頸，把她擊暈。等她再醒時，只怕已到了風景秀美的臨江了。

沒有了家庭和身分的束縛，她可以自由自在的生活，也許……還會遇到一個真正愛她的男人！而且，如果他對雲丞相動手，她也不用再兩邊為難了，這是他能為她做的唯一事情。

《殭屍王妃02接吻是個技術活》完

敬請期待更精采的《殭屍王妃03》

novel
M.貓子
illust
麻先みち
全套六集，全國各大書店、
網路書店、租書店，持續熱賣中！
松雅記事系列
我家門前有狐仙
我家門前有狐仙
家教狐仙扮神探
狐仙愛的京都畫遊
愛與正義的狐仙
純情女友俏狐仙
狐仙幸福我來顧
動物或妖怪報恩的故事，大家都耳熟能詳，
但是……「幫狐仙報恩」是哪招？
當冷面毒舌店長 遇上 天然純(蠢)真小狐仙
人類與狐仙纏綿悱惻的愛戀……
——不、不對！是人類被狐仙拐騙當助手當男傭當飼主啊啊啊！(╬￣皿￣)
典藏閣
華文聯合出版平台
www.book4u.com.tw
采舍國際
www.silkbook.com
不思議工作室_
立即搜尋
版權所有© Copyright 2015

裝蒜
Novel 冰雲
Illust RURU
三姐妹
最爆笑的古裝輕言情清新登場!!
自己的夫君自己找!
莊家三姐妹各出奇招——
大姐裝可憐
二姐裝可人
小妹裝可愛
且看天之驕女如何~~捕獲老公~~覓得良人、~~作亂江湖~~结好姻缘！

帝柳
尋憶之旅精采收藏——
他是人間蒸發一年的小說作家柳阿一，
身邊則是擁有刑警魂、撒鹽不手軟的助理編輯殷宇，
以及不信鬼神卻擁有陰陽眼的責任編輯方世傑，
一本謎樣的、會自動書寫故事的「勾魂冊」出現在三人眼前，
將他們平凡的拖稿催稿生活轉而涉入一連串詭異的命案之中！
究竟「勾魂冊」的主人是誰？他有何目的？
而柳阿一能否找回自己失落的記憶？
一切的答案，都在——勾魂筆記本
勾魂筆記本
全套五集，全國各大書店、網路書店、租書店，持續熱賣中！
典藏閣
華文聯合出版平台
www.book4u.com.tw
采舍國際
www.silkbook.com
不思議工作室_
立即搜尋
版權所有© Copyright 2014

飛小說系列130

殭屍王妃02

接吻是個技術活

出版者■典藏閣
作　者■偽裝的魚　繪　者■水々
總編輯■歐綾纖　企劃主編■PanPan
製作團隊■不思議工作室　代理出版社■廣東夢之星文化
郵撥帳號■50017206 采舍國際有限公司（郵撥購買，請另付一成郵資）
台灣出版中心■新北市中和區中山路2段366巷10號10樓
電　話■(02)2248-7896　傳　真■(02)2248-7758
物流中心■新北市中和區中山路2段366巷10號3樓
電　話■(02)8245-8786　傳　真■(02)8245-8718
ＩＳＢＮ■978-986-271-607-6
出版日期■2015年6月
全球華文國際市場總代理／采舍國際
地　址■新北市中和區中山路2段366巷10號3樓
電　話■(02)8245-8786　傳　真■(02)8245-8718
新絲路網路書店
地　址■新北市中和區中山路2段366巷10號10樓
網　址■www.silkbook.com
電　話■(02)8245-9896
傳　真■(02)8245-8819

☞您在什麼地方購買本書？☜

1. 便利商店（______市／縣）：□7-11　□全家　□萊爾富　□其他______________

2. 網路書店：□新絲路　□博客來　□金石堂　□其他__________

3. 書店（______市／縣）：□金石堂　□蛙蛙書店　□安利美特animate　□其他____

姓名：__________地址：____

聯絡電話：__________電子郵箱：____

您的性別：□男　□女　　　您的生日：__________年__________月__________日

（請務必填妥基本資料，以利贈品寄送）

您的職業：□上班族　□學生　□服務業　□軍警公教　□資訊業　□娛樂相關產業

□自由業　□其他____________

您的學歷：□高中（含高中以下）　□專科、大學　□研究所以上

☞購買前☜

您從何處得知本書：□逛書店　□網路廣告（網站：______________）　□親友介紹

（可複選）　□出版書訊　□銷售人員推薦　□其他____________________

本書吸引您的原因：□書名很好　□封面精美　□書腰文字　□封底文字　□欣賞作家

（可複選）　□喜歡畫家　□價格合理　□題材有趣　□廣告印象深刻

□其他____________________

☞購買後☜

您滿意的部份：□書名　□封面　□故事內容　□版面編排　□價格　□贈品

（可複選）　□其他

不滿意的部份：□書名　□封面　□故事內容　□版面編排　□價格　□贈品

（可複選）　□其他

您對本書以及典藏閣的建議____

____

____

✌未來您是否願意收到相關書訊？□是　□否

✎感謝您寶貴的意見✎

印刷品

$3.5
請貼
3.5元
郵票
不思議信箱
FUSIGI POST

235 新北市中和區中山路二段366巷10號10樓

華文網出版集團　收

（典藏閣－不思議工作室）

殭屍王妃

NOVEL 偽裝的魚 + 水々 ILLUST

2 接吻是個技術活